Arsène Lupin contra Herlock Sholmes

LIVROS DO AUTOR PUBLICADOS PELA **L&PM** EDITORES:

Arsène Lupin, ladrão de casaca
Arsène Lupin contra Herlock Sholmes

Maurice Leblanc

Arsène Lupin contra Herlock Sholmes

Tradução de Julia da Rosa Simões

L&PM EDITORES

Texto de acordo com a nova ortografia.
Título original: *Arsène Lupin contre Herlock Sholmes*

Tradução: Julia da Rosa Simões
Capa: Ivan Pinheiro Machado. *Ilustração*: iStock
Preparação: Patrícia Yurgel
Revisão: L&PM Editores

CIP-Brasil. Catalogação na publicação
Sindicato Nacional dos Editores de Livros, RJ.

L486a

Leblanc, Maurice, 1864-1941
Arsène Lupin contra Herlock Sholmes / Maurice Leblanc; tradução Julia da Rosa Simões. – 1. ed. – Porto Alegre [RS]: L&PM, 2021.
240 p. ; 21 cm.

Tradução de: *Arsène Lupin contre Herlock Sholmes*
ISBN 978-65-5666-183-4

1. Ficção francesa. I. Simões, Julia da Rosa. II. Título.

21-71362 CDD: 843
CDU: 82-3(44)

Meri Gleice Rodrigues de Souza - Bibliotecária - CRB-7/6439

Rua Comendador Coruja, 314, loja 9 – Floresta – 90.220-180
Porto Alegre – RS – Brasil / Fone: 51 3225 5777

Pedidos & Depto. Comercial: vendas@lpm.com.br
Fale conosco: info@lpm.com.br
www.lpm.com.br

Impresso no Brasil
Inverno de 2021

Sumário

Primeiro episódio

A MULHER LOIRA

Capítulo 1

O número 514 – série 23

No dia 8 de dezembro do ano passado, o sr. Gerbois, professor de matemática no liceu de Versalhes, encontrou, na barafunda de um antiquário, uma pequena escrivaninha de mogno que o encantou pela grande quantidade de gavetas.

"É exatamente o que preciso para o aniversário de Suzanne", pensou.

E como fazia de tudo, na medida de seus modestos rendimentos, para agradar à filha, regateou o preço e pagou a quantia de 65 francos.

No momento em que fornecia seu endereço para a entrega, um jovem rapaz, de aparência elegante, que vasculhava a loja de alto a baixo, avistou o móvel e perguntou:

– Quanto?

– Está vendido – respondeu o vendedor.

– Ah...! Ao senhor, talvez?

O sr. Gerbois o cumprimentou e, ainda mais feliz por ser o dono de um móvel cobiçado por um de seus semelhantes, retirou-se.

Mas não havia dado nem dez passos quando foi alcançado pelo jovem rapaz, que, de chapéu na mão e num tom de perfeita cortesia, disse-lhe:

– Peço-lhe infinitas desculpas, senhor... Preciso fazer-lhe uma pergunta indiscreta... Estava procurando exatamente essa escrivaninha?

– Não. Estava procurando uma balança de precisão para algumas experiências de física.

– Então não faz muita questão da escrivaninha?

– Gostei dela, só isso.

– Porque é antiga, talvez?

– Porque é prática.

– Nesse caso, aceitaria trocá-la por uma escrivaninha igualmente prática, mas em melhor estado?

– Essa encontra-se em bom estado, a troca me parece inútil.

– No entanto...

O sr. Gerbois era um homem que se irritava com facilidade e tinha um temperamento suscetível. Respondeu secamente:

– Por favor, senhor, não insista.

O desconhecido ficou plantado à sua frente.

– Ignoro o preço que pagou, senhor... Ofereço o dobro.

– Não.

– O triplo?

– Ora, pare com isso – exclamou o professor, impaciente –, o que me pertence não está à venda.

O jovem o encarou fixamente, com um ar que o sr. Gerbois não esqueceria. Depois, sem dizer nada, girou nos calcanhares e se afastou.

Uma hora depois, o móvel era entregue na casinha que o professor ocupava na estrada de Viroflay. Ele chamou a filha.

– Para você, Suzanne, se for do seu agrado.

Suzanne era uma moça bonita, expansiva e alegre. Atirou-se no pescoço do pai e o beijou com tanta alegria quanto se ele lhe tivesse oferecido um presente majestoso.

Naquela noite, depois de colocar a escrivaninha em seu quarto com a ajuda de Hortense, a criada, ela limpou as gavetas e guardou nelas seus papéis, envelopes, correspondências, coleções de cartões-postais e algumas recordações furtivas que ganhara do primo Philippe.

No dia seguinte, às sete e meia, o sr. Gerbois foi para o liceu. Às dez horas, Suzanne, seguindo um hábito cotidiano, esperava-o à saída, e foi um grande prazer para ele avistar, na calçada oposta à grade, sua silhueta graciosa e seu sorriso de criança.

Voltaram juntos.

– E a escrivaninha?

– Uma maravilha! Hortense e eu polimos os detalhes em metal. Parecem de ouro.

– Então está feliz?

– Se estou feliz? Não sei como pude viver sem ela até hoje.

Eles atravessaram o jardim à frente da casa. O sr. Gerbois sugeriu:

– Podemos vê-la antes do almoço?

– Ah, sim! Boa ideia.

Ela subiu na frente, mas, chegando à porta do quarto, soltou um grito de espanto.

– O que aconteceu? – balbuciou o sr. Gerbois.

Por sua vez, entrou no quarto. A escrivaninha não estava mais lá.

O que espantou o juiz de instrução foi a admirável simplicidade dos meios empregados. Na ausência de Suzanne, e enquanto a criada fazia compras, um transportador – vizinhos viram seu distintivo – parara sua carroça na frente do jardim e tocara duas vezes a campainha. Os vizinhos, ignorando que a criada estava na rua, não suspeitaram de nada, de modo que o indivíduo cumpriu sua tarefa na mais absoluta tranquilidade.

Com o seguinte detalhe: nenhum armário foi arrombado, nenhum pêndulo arrastado. Além disso, a carteira de Suzanne, que ela havia deixado sobre o tampo de mármore da escrivaninha, estava na mesa ao lado com todas as suas moedas de ouro. O motivo do roubo, portanto, era muito claro, o que tornava o crime ainda mais inexplicável, pois, afinal, por que correr tantos riscos por tão mísero butim?

A única pista que o professor conseguiu fornecer foi o incidente da véspera.

– Na mesma hora, o jovem demonstrou grande contrariedade com minha recusa, e tive a nítida impressão de que se despedia com uma ameaça.

Tudo era muito vago. O comerciante foi interrogado. Ele não conhecia nenhum daqueles dois senhores. Quanto ao objeto, comprara-o por quarenta francos em Chevreuse, numa venda após um falecimento, e acreditava tê-lo revendido por seu justo valor. A investigação não descobriu mais nada.

O sr. Gerbois, no entanto, estava convencido de ter sofrido um prejuízo enorme. Uma fortuna devia estar escondida no fundo falso de uma gaveta, e era por isso que o jovem, conhecendo o esconderijo, agira com tanta determinação.

– Meu pobre pai, o que faríamos com essa fortuna? – repetia Suzanne.

– Ora! Com um dote desses, você poderia almejar os melhores partidos.

Suzanne, que limitava suas aspirações ao primo Philippe, um péssimo partido, suspirou amargamente. E a vida seguiu seu rumo na casinha de Versalhes, menos alegre, menos despreocupada, toldada por remorsos e decepções.

Dois meses se passaram. E de repente, um depois do outro, graves acontecimentos se sucederam, numa imprevisível sequência de acasos e catástrofes!

No dia 1º de fevereiro, às cinco e meia, o sr. Gerbois, que acabava de voltar para casa com o jornal vespertino na mão, sentou-se, colocou os óculos e começou a ler. A política não o interessava, então virou a página. Um artigo logo chamou sua atenção: "Terceiro sorteio da loteria das Associações da Imprensa. O número 514 – série 23 ganha um milhão...".

O jornal escapou de seus dedos. As paredes se mexeram diante de seus olhos, seu coração parou de bater. O número 514 – série 23 era o seu!

Ele o comprara por acaso, para ajudar a um amigo, pois não acreditava nos favores do destino, mas eis que havia ganhado!

Rapidamente, pegou sua caderneta. O número 514 – série 23 estava de fato anotado na página de guarda, para que ele não o esquecesse. Mas e o bilhete?

Correu até o escritório para procurar a caixa de envelopes, entre os quais guardara o precioso bilhete, mas se deteve ao entrar, tonteando de novo e com o coração apertado, pois a caixa de envelopes não estava ali e, coisa apavorante, ele subitamente se deu conta de que fazia semanas que não a via! Fazia semanas que não a tinha diante dos olhos nas horas em que corrigia os deveres dos alunos!

Um som de passos no cascalho do jardim... Ele chamou:

– Suzanne! Suzanne!

A filha chegava das compras. Subiu rapidamente. Ele gaguejou numa voz estrangulada:

– Suzanne... a caixa... a caixa de envelopes?

– Qual?

– A caixa do Louvre... que eu trouxe numa quinta-feira... e que ficava no canto desta mesa.

– O senhor esqueceu, pai? Foi o conjunto que guardamos...

– Quando?

– Naquela noite... Lembra... Na véspera do dia...

– Mas onde? Responda... Assim está me matando...

– Onde? Na escrivaninha.

– Na escrivaninha que foi roubada?

– Sim.

– Na escrivaninha que foi roubada!

Ele repetiu essas palavras baixinho, com uma fisgada de pavor. Depois, segurou a mão da filha e disse, quase inaudível:

– Ela guardava um milhão, minha filha...

– Ah, pai! Por que não me disse? – ela murmurou, ingenuamente.

– Um milhão! – ele repetiu. – Era o número vencedor da loteria da Imprensa.

A enormidade do desastre os oprimia, e por um bom tempo mantiveram um silêncio que não tinham a coragem de romper.

Por fim, Suzanne balbuciou:

– Mas, pai, o senhor vai receber o valor assim mesmo.

– Como? Com que provas?

– Eles precisam de provas?

– Claro!

– E o senhor não tem?

– Sim, tenho uma.

– Então!

– Estava na caixa.

– Na caixa que desapareceu?

– Sim. E aquele sujeito a encontrará.

– Isso seria horrível! O senhor não pode fazer nada, pai?

– Como eu gostaria! Como eu gostaria! Aquele homem deve ser poderoso! Dispõe de muitos recursos! Lembre-se... o caso desse móvel...

Ele se levantou, com súbita energia, e bateu o pé:

– Ah, não e não, ele não receberá esse milhão. Nunca! Por que receberia? Afinal, por mais hábil que seja, não pode fazer nada. Caso se apresente para retirar o prêmio, será preso! Ah, quero ver agora, meu caro!

– Teve alguma ideia, pai?

– Vou defender nossos direitos até o fim, haja o que houver! E venceremos! O milhão é meu e eu o receberei!

Alguns minutos depois, enviava um telegrama:

Ao Diretor do Crédit Foncier, Rue des Capucines, Paris
Sou detentor do número 514 – série 23, oponha-se por todas as vias legais a qualquer outra reclamação ao prêmio.
Gerbois.

Quase ao mesmo tempo, chegava ao Crédit Foncier outro telegrama:

O número 514 – série 23 está em meu poder.
Arsène Lupin.

Sempre que começo a contar uma das inúmeras aventuras que compõem a vida de Arsène Lupin, sinto-me genuinamente confuso, pois me parece que mesmo a mais banal dessas aventuras já é conhecida por todos que me lerão. De fato, não há gesto do nosso "ladrão nacional", como ele foi tão elegantemente chamado, que não tenha sido ecoado da maneira mais retumbante, não há feito que não tenha sido estudado sob todos os ângulos, não há ato que não tenha sido comentado com a abundância de detalhes geralmente reservada ao relato das ações heroicas.

Quem não conhece, por exemplo, a estranha história da "Mulher loira", com os curiosos episódios que os repórteres destacavam com títulos em negrito: *O número 514 – série 23... O crime da Avenue Henri Martin!... O diamante azul!...* Quanto barulho em torno da intervenção do famoso detetive inglês Herlock Sholmes! Quanta efervescência depois de cada uma das peripécias que marcaram a luta entre esses dois grandes artistas! E quanta algazarra nas ruas, no dia em que os ambulantes vociferavam "A prisão de Arsène Lupin!".

Minha desculpa é que trago novidades: trago a chave do enigma. Uma sombra ainda paira sobre essas aventuras: dissipo-a. Reproduzo artigos lidos e relidos, recopio entrevistas antigas: mas organizo, classifico e submeto tudo à exatidão da verdade. Meu colaborador é Arsène Lupin, cuja complacência para comigo é inesgotável. E também, no caso, o inefável Wilson, amigo e confidente de Sholmes.

Ainda lembramos da estrondosa gargalhada que recebeu a publicação dos dois telegramas. O simples nome de Arsène Lupin era uma garantia de imprevisibilidade, uma promessa de divertimento para o público. E o público era o mundo inteiro.

A partir das buscas imediatamente ordenadas pelo Crédit Foncier, descobriu-se que o número 514 – série 23 fora entregue por intermédio do Crédit Lyonnais, na sucursal de Versalhes, ao comandante de artilharia Bessy. Ora, o comandante morrera ao cair do cavalo. Soube-se, por camaradas com quem trocava confidências, que, algum tempo antes de sua morte, ele precisara ceder seu bilhete a um amigo.

– Esse amigo sou eu – afirmou o sr. Gerbois.

– Prove-o – objetou o diretor do Crédit Foncier.

– Provar? Fácil. Vinte pessoas poderão lhe confirmar que eu mantinha relações estreitas com o comandante e que sempre nos encontrávamos no café da Place d'Armes. Foi lá que, um dia, para ajudá-lo num momento incômodo, comprei seu bilhete por vinte francos.

– Tem testemunhas dessa compra?

– Não.

– Nesse caso, em que baseia sua reivindicação?

– Na carta que ele me escreveu na ocasião.

– Que carta?

– A carta que estava junto com o bilhete.

– Mostre-a.

– Mas ela estava na escrivaninha roubada!

– Encontre-a.

Arsène Lupin a entregou. Uma nota do *Écho de France* – que tem a honra de ser seu órgão oficial, e do qual dizem que é um dos principais acionistas – anunciou que ele deixava nas mãos do dr. Detinan, seu advogado, a carta que o comandante Bessy lhe escrevera de próprio punho.

Houve uma explosão de alegria: Arsène Lupin contratava um advogado! Arsène Lupin, respeitoso das regras estabelecidas, designava para representá-lo um membro da Ordem!

A imprensa acorreu em peso à casa do dr. Detinan, influente deputado radical, homem de alta probidade e, ao mesmo tempo, de mente afiada, um pouco cético, bastante paradoxal.

O dr. Detinan nunca tivera o prazer de conhecer Arsène Lupin – o que lamentava vivamente –, mas de fato acabara de receber instruções suas e, bastante tocado com a escolha que muito o honrava, pretendia defender com afinco o direito de seu cliente. Abriu, então, o dossiê há pouco constituído e, sem rodeios, exibiu a carta do comandante. Ela provava a venda do bilhete, mas não mencionava o nome do comprador. "Meu querido amigo...", dizia apenas.

"Meu querido amigo" sou eu, acrescentava Arsène Lupin numa mensagem anexa à carta do comandante. E a melhor prova disso é que a carta está comigo.

O bando de repórteres apresentou-se imediatamente na casa do sr. Gerbois, que só conseguia repetir:

– "Meu querido amigo" não é outro senão eu. Arsène Lupin roubou a carta do comandante junto com o bilhete da loteria.

– Que ele prove – rebateu Lupin aos jornalistas.

– Mas se ele roubou a escrivaninha! – respondeu o sr. Gerbois aos mesmos jornalistas.

E Lupin replicou:

– Que ele prove!

E o duelo público entre os dois detentores do número 514 – série 23, as idas e vindas dos repórteres, o sangue-frio de Arsène Lupin diante do pânico do pobre sr. Gerbois foram um espetáculo de fascinante extravagância.

Pobre homem, a imprensa estava cheia de seus lamentos! Compartilhava seu infortúnio com tocante ingenuidade.

– Compreendam, senhores, é do dote de Suzanne que esse salafrário me priva! Para mim, pessoalmente, não quero nada, mas para Suzanne! Pensem bem, um milhão! Dez vezes cem mil francos! Ah, eu sabia que a escrivaninha continha um tesouro!

Por mais que lhe objetassem que seu adversário, ao levar o móvel, ignorava a presença de um bilhete de loteria em seu interior e que, de todo modo, ninguém poderia prever que esse bilhete ganharia o sorteio, ele gemia:

– Ora, ele sabia! Caso contrário, por que se daria ao trabalho de roubar aquela velharia?

– Por razões desconhecidas, mas com certeza não para apoderar-se de um pedaço de papel que então valia a modesta quantia de vinte francos.

– A quantia de um milhão! Ele sabia... Ele sabe tudo! Ah! Vocês não conhecem aquele bandido! Ele não os privou de um milhão!

O diálogo podia se estender bastante. No décimo segundo dia, porém, o sr. Gerbois recebeu de Arsène Lupin uma carta com a menção "confidencial". Ele a leu, com crescente inquietação:

Senhor, o público se diverte às nossas custas. Não julga ter chegado o momento de agirmos com seriedade? De minha parte, estou firmemente decidido a isso.

A situação é clara: possuo um bilhete que não tenho o direito de receber e o senhor tem o direito de receber um bilhete que não possui. Portanto, um não pode nada sem o outro. Ora, o senhor não consentiria em me ceder o SEU direito, nem eu em lhe ceder o MEU bilhete.

O que fazer?

Só vejo uma solução, dividir. Meio milhão para o senhor, meio milhão para mim. Não estaríamos quites? E esse julgamento de Salomão não satisfaz a necessidade de justiça presente em cada um de nós?

Solução justa, mas solução imediata. Não se trata de uma oferta que o senhor possa arguir, mas de uma necessidade que as circunstâncias o obrigam a aceitar. Dou-lhe três dias para refletir. Na manhã de sexta-feira, gostaria de ler, nos pequenos anúncios do Écho de France, *uma nota discreta endereçada ao sr. Ars. Lup. contendo, em termos velados, sua adesão pura e simples ao pacto que lhe proponho. Mediante isso, o senhor terá a posse imediata do bilhete e receberá o milhão – devendo me entregar quinhentos mil francos pela via que posteriormente indicarei.*

Em caso de recusa, tomei providências para que o resultado seja o mesmo. Mas além dos gravíssimos dissabores que tal obstinação lhe traria, o senhor sofreria uma dedução de 25 mil francos para despesas suplementares.

Queria aceitar, cavalheiro, a expressão de meus mais respeitosos sentimentos.

Arsène Lupin.

Exasperado, o sr. Gerbois cometeu o grande erro de divulgar a carta e deixar que a copiassem. Sua indignação o levava a todo tipo de tolices.

– Nada, ele não terá nada! – exclamava diante da assembleia de repórteres. – Dividir o que me pertence? Jamais. Que ele rasgue o bilhete, se quiser!

– Mas quinhentos mil francos é melhor do que nada.

– Não é disso que se trata, mas de meu direito. Farei com que esse direito seja assegurado pelos tribunais.

– Processar Arsène Lupin? Seria engraçado.

– Não, o Crédit Foncier. Que tem a obrigação de me entregar o milhão.

– Desde que apresente o bilhete, ou, no mínimo, a prova de que o senhor o comprou.

– A prova existe, pois Arsène Lupin confessou ter roubado a escrivaninha.

– A palavra de Arsène Lupin será suficiente para os tribunais?

– Não importa, abrirei o processo.

O público vibrava. Apostas foram feitas, umas acreditando que Lupin venceria o sr. Gerbois, outras que cederia às ameaças. E sentia-se uma espécie de apreensão, tanto as forças eram desiguais entre os dois adversários, um destemido em seu ataque, o outro assustado como um animal acossado.

Na sexta-feira, o *Écho de France* foi muito disputado, e a quinta página da seção de pequenos anúncios foi febrilmente esquadrinhada. Nenhuma linha era dirigida ao sr. Ars. Lup. Às solicitações de Arsène Lupin, o sr. Gerbois respondia com o silêncio. A guerra estava declarada.

À noite, todos ficaram sabendo pelos jornais do sequestro da srta. Gerbois.

O que nos delicia no que poderíamos chamar de espetáculos de Arsène Lupin é o papel eminentemente cômico da polícia. Tudo acontece sem sua participação. Ele fala, escreve, adverte, ordena, ameaça, executa, como se não existisse um chefe da Segurança Pública, nem agentes ou comissários, ninguém que pudesse entravar seus desígnios. Todos são considerados nulos e sem efeito. O obstáculo não conta.

E, no entanto, a polícia não descansa! Sempre que se trata de Arsène Lupin, de alto a baixo na escala social todos se inflamam, se agitam, espumam de raiva. Ele é o inimigo, e o inimigo que desafia, provoca, desdenha, ou, pior ainda, ignora.

E o que fazer contra um inimigo como esse? Às vinte para as dez, segundo o testemunho da criada, Suzanne saíra de casa. Às dez e cinco, ao sair do liceu, seu pai não a vira na calçada onde ela costumava esperá-lo. Portanto, tudo acontecera durante a caminhada de vinte minutos que conduzira Suzanne de sua casa ao liceu, ou até as cercanias do liceu.

Dois vizinhos afirmaram ter cruzado com ela a trezentos passos da casa. Uma senhora vira uma jovem que correspondia à sua descrição caminhando pela avenida. E depois? Ninguém sabia.

Houve buscas por todos os lados, os funcionários das estações de trem e da aduana foram interrogados. Naquele dia,

– Foi a hora que ele marcou comigo. Ainda não chegou?

– Ainda não.

O sr. Gerbois se sentou, enxugou o rosto, olhou para o seu relógio como se não soubesse ler as horas e retomou, ansioso:

– Ele virá?

O advogado respondeu:

– Pergunta-me, senhor, sobre a coisa que mais tenho curiosidade de saber neste mundo. Nunca me senti tão impaciente. Seja como for, se ele vier correrá grandes riscos, pois faz quinze dias que minha casa é vigiada... desconfiam de mim.

– E de mim mais ainda. Também não garanto que os agentes no meu encalço tenham perdido meu rastro.

– Mas então...

– Não seria culpa minha – exclamou vivamente o professor –, não posso ser censurado. O que prometi? Que obedeceria às suas ordens. Pois bem, obedeci cegamente, busquei o dinheiro na hora determinada por ele e vim para sua casa da maneira que me foi prescrita. Responsável pelo infortúnio de minha filha, cumpri todas as minhas promessas com lealdade. Espero que ele cumpra as suas.

E acrescentou, na mesma voz ansiosa:

– Ele trará minha filha, não é mesmo?

– Espero que sim.

– Mas... o senhor a viu?

– Eu? Claro que não! Ele simplesmente me pediu, por carta, que recebesse vocês dois aqui, que dispensasse meus criados antes das três horas e que não deixasse ninguém entrar em meu apartamento entre sua chegada e a partida dele. Se eu não consentisse com essa proposta, ele me rogou que o avisasse através de duas linhas no *Écho de France*. Mas estou muito feliz de prestar um serviço a Arsène Lupin, concordei com tudo.

O sr. Gerbois gemeu:

– Ai de mim! Como isso vai acabar?

Tirou as cédulas do bolso, colocou-as em cima da mesa e dividiu-as em duas pilhas iguais. Depois, eles se calaram. De tempos em tempos, o sr. Gerbois ficava de ouvidos atentos... alguém batera à porta?

Sua angústia aumentava com a passagem dos minutos, e o dr. Detinan também experimentava uma sensação quase dolorosa.

Em dado momento, o advogado chegou a perder o sangue-frio. Levantou-se bruscamente:

– Não virá... O que queria? Seria uma loucura de sua parte! Que confie em nós, vá lá, somos homens honestos, incapazes de traí-lo. Mas o perigo não está apenas aqui.

E o sr. Gerbois, arrasado, com as duas mãos sobre as pilhas de cédulas, balbuciou:

– Ele precisa vir, meu Deus, ele precisa vir! Eu daria tudo para reencontrar Suzanne.

A porta se abriu.

– A metade bastará, sr. Gerbois.

Alguém estava à porta, um homem jovem, elegantemente vestido, em quem o sr. Gerbois logo reconheceu o indivíduo que o abordara perto da loja de antiguidades, em Versalhes. Ele pulou na sua direção.

– E Suzanne? Onde está minha filha?

Arsène Lupin fechou a porta com cuidado e, enquanto tirava as luvas com toda calma, disse ao advogado:

– Meu caro doutor, eu não saberia agradecer-lhe pela boa vontade com que aceitou defender meus direitos. Não o esquecerei.

O dr. Detinan murmurou:

– Mas o senhor não tocou a campainha... Não ouvi a porta...

– As campainhas e as portas são coisas que deveriam funcionar sem jamais serem ouvidas. Mas aqui estou, é isso que importa.

– Minha filha! Suzanne! O que fez com ela? – repetiu o professor.

– Meu Deus – disse Lupin –, como o senhor está com pressa. Vamos, acalme-se, mais um pouco e sua filha estará em seus braços.

Caminhando, como um grande senhor que distribui elogios, continuou:

– Sr. Gerbois, parabenizo-o pela habilidade com que agiu há pouco. Se o automóvel não tivesse tido aquela pane absurda, teríamos nos encontrado na Étoile e poupado o doutor Detinan do incômodo desta visita... Enfim! Estava escrito...

Viu as duas pilhas de cédulas e exclamou:

– Ah, perfeito! O milhão está aqui... Não percamos tempos. O senhor me permite?

– Mas – objetou o dr. Detinan, colocando-se na frente da mesa – a srta. Gerbois ainda não chegou.

– E?

– E sua presença não é indispensável?

– Entendo! Entendo! Arsène Lupin inspira uma confiança relativa. Embolsa o meio milhão e não devolve a refém. Ah, meu caro doutor, sou um grande incompreendido! Porque o destino me conduziu a ações de natureza um pouco... especial, suspeitam de minha boa-fé... logo a minha! Eu que sou homem de escrúpulo e delicadeza! Aliás, meu caro doutor, se estiver com medo, abra a janela e grite. Há uma dúzia de agentes na rua.

– Acha mesmo?

Arsène Lupin puxou a cortina.

– O sr. Gerbois parece ter sido incapaz de despistar Ganimard... Eu não disse? Ali está meu intrépido amigo!

– Será possível? – exclamou o professor. – Juro que...

– Que não me traiu? Não tenho dúvida, mas eles são hábeis. Vejam, estou vendo Folenfant...! E Gréaume...! E Dieuzy...! Enfim, todos os meus bons camaradas!

O dr. Detinan o encarava com surpresa. Quanta tranquilidade! Ele ria com felicidade, como se achasse graça de uma brincadeira de criança e como se nenhum perigo o ameaçasse.

Mais do que a visão dos agentes, a despreocupação de Lupin tranquilizou o advogado. Ele se afastou da mesa onde estava o dinheiro.

Arsène Lupin pegou uma pilha e depois a outra, retirou de cada uma 25 notas e estendeu ao dr. Detinan as cinquenta notas assim obtidas:

– A parte dos honorários que cabe ao sr. Gerbois, meu caro doutor, e a parte que cabe a Arsène Lupin. Devemos-lhe isso.

– Vocês não me devem nada – respondeu o dr. Detinan.

– Como não? E todo o mal que lhe causamos!

– E todo o prazer que obtenho desse mal!

– Então, meu caro doutor, não quer aceitar nada de Arsène Lupin? É nisso que dá – ele suspirou – ter má reputação.

Ele estendeu os cinquenta mil francos ao professor.

– Senhor, em memória de nosso feliz encontro, permita-me oferecer-lhe isto: será meu presente de casamento à srta. Gerbois.

O sr. Gerbois pegou as notas com pressa, mas protestou:

– Minha filha não está se casando.

– Ela não se casará se o senhor recusar seu consentimento. Mas está ansiosa para fazê-lo.

– Como pode saber?

– Sei que as jovens costumam sonhar sem a autorização dos pais. Felizmente, existem gênios bons chamados Arsène Lupin, que no fundo das escrivaninhas encontram o segredo dessas almas encantadoras.

– Não descobriu mais nada? – perguntou o dr. Detinan. – Confesso minha curiosidade em saber por que esse móvel foi objeto de seu interesse.

– Motivos históricos, meu caro doutor. Ainda que, ao contrário da opinião do sr. Gerbois, a escrivaninha não contivesse nenhum outro tesouro além do bilhete de loteria, cuja existência eu ignorava, eu precisava dela e a procurava há muito tempo. Essa escrivaninha, de teixo e mogno, decorada com capitéis de folhas de acanto, foi encontrada na discreta casinha de Marie Walewska em Boulogne, e tem a seguinte inscrição numa de suas gavetas: "Dedicado a Napoleão I, imperador dos franceses, por seu fiel servidor, Mancion". E, abaixo, gravadas à ponta de faca, as palavras: "Para ti, Marie". Mais tarde, Napoleão mandou copiar o móvel para a imperatriz Josefina, de modo que a escrivaninha admirada em Malmaison não passava de uma cópia imperfeita daquela que hoje faz parte de minhas coleções.

O professor gemeu:

– Ai! Se eu soubesse disso no antiquário, com que pressa não a teria cedido ao senhor!

Arsène Lupin disse, rindo:

– E teria tido, além disso, a considerável vantagem de conservar, só para si, o número 514 – série 23.

– O que não o teria levado a raptar minha filha, que deve ter ficado transtornada com tudo isso.

– Tudo isso?

– Com o sequestro...

– Mas, meu caro senhor, está enganado. A srta. Gerbois não foi sequestrada.

– Minha filha não foi sequestrada?

– Absolutamente. Falar em sequestro é falar em violência. Ora, foi de bom grado que serviu de refém.

– De bom grado! – repetiu o sr. Gerbois, confuso.

– E quase a pedido seu! Ora! Uma jovem inteligente como a srta. Gerbois, e que, além disso, cultiva no fundo de sua alma uma paixão inconfessa, teria se recusado a reaver seu dote! Ah! Juro que foi fácil fazê-la compreender que não haveria outra maneira de vencer a obstinação de seu pai.

O dr. Detinan se divertia bastante. Ele objetou:

– O mais difícil deve ter sido chegar a um acordo com ela. Seria inadmissível abordar a srta. Gerbois.

– Ah, pessoalmente, nunca. Não tive a honra de conhecê-la. Foi uma de minhas amigas que gentilmente fez as negociações.

– A mulher loira do automóvel, sem dúvida – interrompeu-o o dr. Detinan.

– Exatamente. No primeiro encontro perto do liceu, tudo ficou acertado. Depois disso, a srta. Gerbois e sua nova amiga viajaram, visitando Bélgica e Holanda, da maneira mais agradável e instrutiva que pode haver para uma jovem. Ela mesma lhe explicará o resto...

Alguém batia à porta do vestíbulo, três batidas rápidas, depois uma batida isolada, depois mais outra.

– É ela – disse Lupin. – Meu caro doutor, por obséquio...

O advogado correu até a porta.

Duas jovens entraram. Uma se atirou nos braços do sr. Gerbois. A outra se aproximou de Lupin. Ela era alta, tinha o rosto harmonioso, a tez muito pálida. Seus cabelos loiros, de um loiro brilhante, estavam divididos em duas mechas

– Sr. Gerbois, são três horas e 42 minutos. Autorizo-o a sair desta sala às três horas e 46... nem um minuto antes das três horas e 46, está bem?

– Mas eles vão entrar à força – o dr. Detinan não pôde deixar de dizer.

– Está esquecendo da lei, meu caro doutor! Ganimard nunca ousaria violar o lar de um cidadão francês. Teríamos tempo de jogar uma partida de bridge. Mas perdoem-me, vocês três parecem um pouco abalados, e não quero abusar...

Ele colocou o relógio em cima da mesa, abriu a porta da sala e, dirigindo-se à mulher loira:

– Está pronta, querida amiga?

Ele a deixou passar, dirigiu uma última saudação, muito respeitosa, à srta. Gerbois, saiu e fechou a porta atrás de si.

Ouviram-no dizer no vestíbulo, em voz alta:

– Bom dia, Ganimard, como vai? Mande lembranças minhas para a sra. Ganimard... Um dia desses, irei pedir-lhe um almoço... Adeus, Ganimard.

A campainha foi tocada de novo, de maneira brusca, violenta, depois repetidamente, e vozes se fizeram ouvir no corredor.

– Três e 45 – murmurou o sr. Gerbois.

Depois de alguns segundos, decidido, ele se dirigiu ao vestíbulo. Lupin e a mulher loira não estavam mais lá.

– Pai! Não faça isso! Espere! – exclamou Suzanne.

– Esperar? Está louca...! Contemporizar com bandidos... E o meio milhão?

Ele abriu a porta.

Ganimard se precipitou para dentro do apartamento.

– A senhora... onde ela está? E Lupin?

– Ele estava aqui... está aqui.

Ganimard soltou um grito de triunfo:

– Nós o pegamos... o prédio está cercado.

O dr. Detinan objetou:

– E a escada de serviço?

– A escada de serviço dá para o pátio, só há uma saída, a porta principal: dez homens a vigiam.

– Mas ele não entrou pela porta principal... não irá embora por ela...

– Por onde, então? – replicou Ganimard. – Pelos ares?

Ele afastou uma cortina. Um longo corredor levava à cozinha. Ganimard seguiu por ele correndo e constatou que a porta da escada de serviço estava trancada com duas voltas na fechadura.

Da janela, chamou um dos agentes:

– Ninguém?

– Ninguém.

– Então estão dentro do apartamento! Estão escondidos num quarto! É materialmente impossível que tenham escapado... Ah, meu pequeno Lupin! Você zombou de mim, mas hoje é o dia da revanche.

Às sete horas da noite, o sr. Dudouis, chefe da Segurança Pública, surpreso de não receber notícias, compareceu à Rue Clapeyron. Ele interrogou os agentes que vigiavam o prédio, depois subiu ao apartamento do dr. Detinan, que o levou a seu quarto. Lá, viu um homem, ou melhor, duas pernas se agitando no tapete, enquanto ao tronco ao qual elas pertenciam mergulhava nas profundezas da chaminé.

– Ei...! Ei...! – repetia uma voz abafada.

Uma voz mais distante, que vinha do alto, respondia:

– Ei...! Ei...!

O sr. Dudouis exclamou, rindo:

– Então, Ganimard, está falando com o limpador de chaminés?

O inspetor extirpou-se das entranhas da chaminé. Com o rosto enegrecido, as roupas cobertas de fuligem, os olhos brilhantes de febre, estava irreconhecível.

– Estou procurando – resmungou.

– Quem?

– Arsène Lupin... Arsène Lupin e sua amiga.

– Ah, eles! Mas acha que estão escondidos no duto da chaminé?

Ganimard se levantou, tocou a manga de seu superior com cinco dedos pretos como carvão e, numa voz surda, raivosa, perguntou:

– Onde quer que eles estejam, chefe? Eles precisam estar em algum lugar. São pessoas como o senhor e eu, de carne e osso. Não podem ter virado fumaça.

– Não, mas podem ter ido embora.

– Por onde? Por onde? O prédio está cercado! Tenho agentes no telhado.

– Pelo prédio vizinho?

– Não há comunicação entre eles.

– Pelos apartamentos dos outros andares?

– Conheço todos os locatários: eles não viram ninguém... não ouviram ninguém.

– Tem certeza de que conhece todos?

– Todos. O zelador responde por eles. Além disso, por precaução, coloquei um homem em cada um desses apartamentos.

– Então conseguiremos pegá-los.

– É o que estou dizendo, chefe, é o que estou dizendo. Conseguiremos e pegaremos, porque os dois estão aqui... eles não podem não estar! Fique tranquilo, chefe, se não for esta noite, será amanhã... Dormirei aqui! Dormirei aqui!

De fato dormiu, e no dia seguinte também, e no outro igualmente.

Ao fim de três dias e três noites, não apenas não havia capturado o esquivo Lupin e sua não menos esquiva companheira, como também não havia encontrado nem o menor indício que lhe permitisse esboçar a mais ínfima hipótese.

Tudo isso porque sua convicção original não mudava.

Se não havia nenhum rastro de fuga, então eles continuavam no prédio!

Talvez, no fundo de si mesmo, estivesse menos convicto. Mas não queria confessá-lo. Não, mil vezes não, um homem e uma mulher não podiam desaparecer como os gênios maus dos contos de fada. Sem perder o ânimo, ele continuava suas buscas e investigações como se pudesse encontrá-los escondidos em algum recanto impenetrável, incorporados às pedras do imóvel.

Capítulo 2

O diamante azul

Na noite de 27 de março, no número 134 da Avenue Henri Martin, no palacete que herdara de seu irmão seis meses antes, o velho general barão d'Hautrec, embaixador em Berlim sob o Segundo Império, dormia no fundo de uma confortável poltrona, enquanto sua dama de companhia lhe fazia a leitura de um livro e a irmã Auguste aquecia sua cama e preparava a lamparina noturna.

Às onze horas, a religiosa, que, excepcionalmente, devia voltar aquela noite ao convento de sua ordem e passar a noite com a irmã superiora, avisou a dama de companhia:

– Srta. Antoinette, acabei meus afazeres, vou embora.

– Está bem, irmã.

– Não se esqueça de que a cozinheira está de folga e de que está sozinha na casa, com o criado.

– Não tema pelo senhor barão, dormirei no quarto ao lado, como combinado, e deixarei minha porta aberta.

A religiosa foi embora. Pouco depois, Charles, o criado, apresentou-se para receber suas ordens. O barão havia acordado. Ele mesmo respondeu.

– O de sempre, Charles: verifique se a campainha elétrica está funcionando direito em seu quarto e, ao primeiro toque, desça e corra até o médico.

– Meu general segue preocupado.

– Não me sinto bem... Não me sinto nada bem. Vamos, srta. Antoinette, onde estávamos na leitura?

– O senhor barão não vai para a cama?

– Não, não, deito-me muito tarde, e, aliás, não preciso de ninguém.

Vinte minutos depois, o velho dormitava de novo e Antoinette se afastava na ponta dos pés.

Enquanto isso, Charles fechava cuidadosamente, como sempre, todas as janelas do andar de baixo.

Na cozinha, trancou o ferrolho da porta que dava para o jardim e, no vestíbulo, também colocou a corrente de segurança de um batente a outro. Depois, voltou para sua mansarda, no terceiro andar, deitou-se e dormiu.

Talvez uma hora tivesse se passado quando, de repente, ele pulou da cama: a campainha tocava. Ela tocou por um bom tempo, sete ou oito segundos, e de maneira firme, ininterrupta...

"Bom", pensou Charles, voltando a si, "mais um capricho do barão."

Enfiou suas roupas, desceu rapidamente as escadas, deteve-se diante da porta e, por hábito, bateu. Nenhuma resposta. Entrou.

"Que estranho", murmurou, "luz apagada... por que diabos apagaram a luz?"

E, em voz baixa, chamou:

– Senhorita?

Nenhuma resposta.

– Está aqui, senhorita...? O que aconteceu? O senhor barão passou mal?

O mesmo silêncio à sua volta, um silêncio pesado que o deixou desconfiado. Ele deu dois passos à frente: seu pé bateu numa cadeira e, ao tocá-la, percebeu que estava caída. Sua mão em seguida encontrou outros objetos no chão, uma mesinha, um biombo. Preocupado, voltou à parede e, tateando, procurou o interruptor. Encontrou-o e girou-o.

No meio da peça, entre a mesa e o armário com espelho, jazia o corpo de seu patrão, o barão d'Hautrec.

– Mas como...! Será possível...? – gaguejou.

Ele não sabia o que fazer e, sem se mexer, os olhos esbugalhados, contemplou a bagunça das coisas, as cadeiras derrubadas, um grande candelabro de cristal em mil pedaços, o pêndulo de parede caído sobre o mármore da lareira, vários vestígios que revelavam uma luta terrível e selvagem. O cabo de um estilete de aço brilhava, não longe do cadáver. A lâmina pingava sangue. Do colchão, pendia um lenço com manchas vermelhas.

Charles deu um grito de pavor: o corpo se esticara num esforço derradeiro, depois se encolhera sobre si mesmo... dois ou três espasmos, e foi tudo.

Ele se debruçou. De um pequeno ferimento no pescoço, o sangue escorria e salpicava o tapete de manchas escuras. O rosto conservava uma expressão de incontrolável terror.

– Mataram-no – ele balbuciou –, mataram-no.

Estremeceu ante a possibilidade de outro crime: a dama de companhia não dormia no quarto vizinho? O assassino do barão a teria matado também?

Empurrou a porta: o quarto estava vazio. Ele concluiu que Antoinette fora raptada, ou que saíra antes do crime.

Voltou ao quarto do barão e, pousando os olhos na escrivaninha, notou que o móvel não fora arrombado.

Mais do que isso, viu sobre ela, perto do molho de chaves e da carteira que o barão ali deixava todas as noites, um punhado de luíses de ouro. Charles pegou a carteira e abriu-a. Um compartimento continha cédulas. Contou-as: havia treze cédulas de cem francos.

Foi mais forte que ele: instintivamente, mecanicamente, sem que a mente participasse do gesto da mão, pegou as treze cédulas, escondeu-as no casaco, precipitou-se escada abaixo, abriu o ferrolho, soltou a corrente, voltou a fechar a porta e fugiu pelo jardim.

Charles era um homem honesto. Antes de fechar o portão, atingido por uma lufada de ar, o rosto refrescado pela chuva, parou. O ato cometido lhe apareceu sob sua verdadeira luz e ele sentiu um súbito pavor.

Um fiacre passava. Ele chamou o cocheiro.

– Amigo, corra ao posto policial e traga o comissário... a galope! Um homem está morto.

O cocheiro chicoteou o cavalo. Mas quando Charles quis entrar, não conseguiu: havia fechado o portão e o portão não podia ser aberto pelo lado de fora. Por outro lado, era inútil tocar a campainha, pois não havia ninguém no palacete.

Caminhou, na direção de La Muette, pelos jardins que conferiam à avenida um risonho contorno de arbustos verdes e bem talhados. E foi somente depois de uma hora de espera que pôde enfim contar ao comissário os detalhes do crime e entregar-lhe em mãos as treze cédulas.

Enquanto isso, um serralheiro era chamado e, com muita dificuldade, conseguia forçar o portão do jardim e a porta do vestíbulo. O comissário subiu e, imediatamente, ao primeiro relance, disse ao criado:

– Ora, o senhor disse que o quarto estava em grande desordem.

O comissário se virou. Charles parecia pregado ao chão, hipnotizado: todos os móveis haviam voltado a seu lugar habitual! A mesinha se erguia entre as duas janelas, as cadeiras estavam de pé e o pêndulo de parede no meio da chaminé. Os estilhaços do candelabro haviam desaparecido.

Ele articulou, boquiaberto de estupor:

– O cadáver... O senhor barão...

– De fato – exclamou o comissário –, onde está a vítima?

E caminhou até a cama. Sob um grande lençol, que afastou, repousava o corpo do general barão d'Hautrec, ex-embaixador da França em Berlim. Seu capote de general, ornado com a Cruz de Honra, o recobria.

O rosto estava calmo. Os olhos estavam fechados.

O criado balbuciou:

– Alguém esteve aqui.

– Por onde entrou?

– Não sei, mas alguém esteve aqui durante minha ausência... Havia aqui, no chão, um punhal muito fino, de aço... E, sobre a mesa, um lenço ensanguentado... Não há mais nada... Tudo foi retirado... Tudo foi arrumado...

– Mas por quem?

– Pelo assassino!

– Encontramos todas as portas fechadas.

– Ele estava aqui dentro.

– Então ainda está, pois o senhor não saiu da calçada.

O criado refletiu e disse lentamente:

– É verdade... É verdade... Não me afastei do portão... No entanto...

– Vejamos, quem foi a última pessoa que o senhor viu com o barão?

– A srta. Antoinette, a dama de companhia.

– Que fim levou?

– A meu ver, como sua cama não estava desfeita, deve ter aproveitado a ausência da irmã Auguste para sair também. Não me espanta muito, pois é bonita, jovem...

– Mas como teria saído?

– Pela porta.

– O senhor havia trancado o ferrolho e colocado a corrente!

– Bem mais tarde. Quando fiz isso, ela já devia ter saído.

– E o crime teria acontecido depois da partida dela?

– Naturalmente.

A casa foi esquadrinhada de cima a baixo, nos sótãos e nos porões, mas o assassino havia fugido. Como? Em que momento? Teria sido ele ou um cúmplice que julgara oportuno voltar à cena do crime e sumir com tudo que pudesse comprometê-lo? Tais eram as questões que se apresentavam à justiça.

Às sete horas chegou o médico legista, às oito horas o chefe da Segurança Pública. Depois foi a vez do procurador da República e do juiz de instrução. E havia também, atravancando a casa, agentes, inspetores, jornalistas, o sobrinho do barão d'Hautrec e outros membros da família.

Vasculharam, estudaram a posição do cadáver de acordo com as lembranças de Charles, interrogaram a irmã Auguste assim que ela chegou. Não descobriram nada. A irmã Auguste se espantou com o desaparecimento de Antoinette Bréhat. Contratara a jovem doze dias antes, baseada em excelentes recomendações, e se recusava a acreditar que pudesse abandonar o doente que lhe fora confiado para sair, sozinha, à noite.

– Tanto que, nesse caso – concordou o juiz de instrução –, ela já teria voltado. Voltamos, então, à estaca zero: que fim levou?

– Para mim – disse Charles –, foi raptada pelo assassino.

A hipótese era plausível e concordava com certos indícios. O chefe da Segurança Pública se pronunciou:

– Raptada? Não seria muito inverossímil?

– Não apenas inverossímil – disse uma voz –, mas em oposição absoluta aos fatos, aos resultados da investigação, em suma, à própria realidade.

A voz era rude e o tom, brusco. Ninguém ficou surpreso de reconhecer Ganimard. Somente ele, aliás, podia ser perdoado por aquela maneira pouco cavalheiresca de se expressar.

– Ora, é você, Ganimard? – exclamou o sr. Dudouis. – Não o tinha visto.

– Estou aqui há duas horas.

– Então se interessa por algo que não seja o bilhete 514 – série 23, o caso da Rue Clapeyron, a mulher loira e Arsène Lupin?

– Eh! Eh! – riu o velho inspetor. – Eu não afirmaria que Lupin não tem nada a ver com o caso que nos ocupa agora... Mas deixemos de lado, até nova ordem, a história do bilhete de loteria e vejamos de que se trata aqui.

Ganimard não é um desses policiais de grande envergadura cujos procedimentos fazem escola e cujos nomes ficam nos anais judiciários. Faltam-lhe os rasgos de gênio que iluminam os Dupin, os Lecoq e os Sherlock Holmes. Mas dispõe de excelentes qualidades medianas, de observação, de sagacidade, de perseverança e mesmo de intuição. Seu mérito consiste em trabalhar com a mais absoluta independência. Nada, com exceção talvez da espécie de fascínio que Arsène Lupin exerce sobre sua pessoa, nada o perturba ou influencia.

Seja como for, seu papel, naquele dia, não careceu de brilho e sua colaboração foi daquelas que um juiz pode apreciar.

– Em primeiro lugar – começou –, pedirei ao sr. Charles que esclareça o seguinte ponto: todos os objetos que viu da primeira vez, derrubados ou fora de lugar, estavam, na segunda vez, no exato lugar de sempre?

– Exatamente.

– Então fica claro que só podem ter sido recolocados no devido lugar por uma pessoa para quem esse lugar era familiar.

A observação impressionou os presentes. Ganimard continuou:

– Outra pergunta, sr. Charles... Disse ter sido foi acordado por uma campainha... Em sua opinião, quem o chamava?

– O senhor barão, sem dúvida.

– Digamos que sim, mas em que momento ele teria tocado?

– Depois da luta... enquanto morria.

– Impossível, pois o senhor o encontrou deitado, sem vida, num lugar a mais de quatro metros do botão de chamada.

– Então tocou-o durante a luta.

– Impossível, pois o toque, o senhor disse, foi regular, ininterrupto e durou sete ou oito segundos. Acredita que o agressor teria deixado que tocasse assim?

– Então tocou-o antes, na hora em que foi atacado.

– Impossível, o senhor nos disse que entre o toque da campainha e o momento que entrou no quarto decorreram no máximo três minutos. Se o barão tivesse tocado antes, seria preciso que a luta, o assassinato, a agonia e a fuga tivessem ocorrido nesse curto espaço de três minutos. Repito que é impossível.

– No entanto – disse o juiz de instrução –, alguém tocou a campainha. Se não foi o barão, quem?

– O assassino.

– Com que objetivo?

– Ignoro seu objetivo. Mas o fato de ter tocado prova que devia saber que a campainha se comunicava com o quarto de um criado. Ora, quem podia conhecer esse detalhe se não uma pessoa da casa?

O círculo de hipóteses se restringia. Em algumas frases rápidas, precisas, lógicas, Ganimard trazia a questão para seu verdadeiro terreno. Com o pensamento do velho inspetor manifestando-se claramente, pareceu natural que o juiz de instrução concluísse:

– Em suma, o senhor suspeita de Antoinette Bréhat.

– Não suspeito, acuso-a.

– Acusa-a de cumplicidade no crime?

– Acuso-a de ter matado o general barão d'Hautrec.

– Ora! Com que provas?

– Esta mecha de cabelos que encontrei na mão direita da vítima, enfiada em sua própria carne pela ponta de suas unhas.

Ele mostrou os fios de cabelo; eram de um loiro vivo, luminosos como fios de ouro, e Charles murmurou:

– É de fato o cabelo da srta. Antoinette. Impossível errar.

E acrescentou:

– Além disso... Há outra coisa... Acredito que a faca... que não vi na segunda vez... lhe pertencia... ela a utilizava para cortar as páginas dos livros.

O silêncio foi longo e penoso, como se o crime se tornasse mais horrível porque cometido por uma mulher. O juiz de instrução contrapôs:

– Admitamos, até maiores informações, que o barão tenha sido morto por Antoinette Bréhat. Ainda seria preciso explicar como ela saiu depois do crime, como entrou depois da saída do sr. Charles e como saiu de novo antes da chegada do comissário. Tem uma opinião a respeito, sr. Ganimard?

– Nenhuma.

– Então?

Ganimard pareceu incomodado. Por fim, disse com visível esforço:

– Tudo que posso dizer é que encontro aqui o mesmo procedimento do caso do bilhete 514 – série 23, o mesmo fenômeno que poderíamos chamar de capacidade de desaparecer. Antoinette Bréhat aparece e desapareceu nessa casa de maneira tão misteriosa quanto Arsène Lupin entrou na casa do dr. Detinan e escapou na companhia da mulher loira.

– E isso significa?

– Significa que não posso deixar de pensar nessas duas coincidências, no mínimo estranhas: Antoinette Bréhat foi contratada pela irmã Auguste há doze dias, isto é, no dia seguinte ao que a mulher loira me escapava pelos dedos. Em segundo lugar, os cabelos da mulher loira têm exatamente a mesma cor intensa, o mesmo brilho metálico de reflexos dourados, que encontramos aqui.

– De modo que, para o senhor, Antoinette Bréhat...

– Só pode ser a mulher loira.

– E Lupin, consequentemente, maquinou os dois casos?

– Acredito que sim.

Ouviu-se uma gargalhada. Era o chefe da Segurança Pública, que se divertia.

– Lupin! Sempre Lupin! Lupin está em tudo, Lupin está em toda parte!

– Ele está onde ele está – afirmou Ganimard, constrangido.

– Mas ele ainda precisa ter motivos para estar em algum lugar – observou o sr. Dudouis – e, no caso, os motivos me parecem obscuros. A escrivaninha não foi arrombada, nem a carteira roubada.

– Sim – exclamou Ganimard —, mas e o famoso diamante?

– Que diamante?

– O diamante azul! O famoso diamante que fazia parte da coroa real francesa e que foi dado pelo duque d'A. a Léonide L. e, à morte de Léonide L., comprado pelo barão d'Hautrec em memória da brilhante atriz que ele amara

Nos duzentos mil francos, porém, os amadores se desencorajaram. Nos 250 mil, só restavam duas pessoas: Herschmann, o célebre financista, rei das minas de ouro, e a condessa de Crozon, a riquíssima americana que tinha uma conhecida coleção de diamantes e pedras preciosas.

– Duzentos e sessenta mil... duzentos e setenta mil... setenta e cinco... oitenta... – proferia o comissário, inquirindo com os olhos os dois competidores, sucessivamente. – Duzentos e oitenta mil para a senhora... Quem dá mais?

– Trezentos mil – murmurou Herschmann.

Silêncio. Todos olharam para a condessa de Crozon. De pé, sorridente, mas com uma palidez que denunciava sua perturbação, ela se apoiava no espaldar da cadeira à sua frente. Na verdade, ela sabia e todos os presentes também sabiam, o resultado do duelo não causava dúvida: logicamente, fatalmente, chegaria ao fim com a vitória do financista, cujos caprichos eram servidos por uma fortuna superior a meio bilhão. No entanto, ela pronunciou:

– Trezentos e cinco mil.

Novo silêncio. Todos se voltaram para o rei das minas, na expectativa do inevitável lance maior. Era certo que viria, forte, brutal, definitivo.

Não veio. Herschmann permaneceu impassível, com os olhos fixos numa folha de papel que segurava com a mão direita, enquanto a outra guardava os pedaços de um envelope rasgado.

– Trezentos e cinco mil – repetia o comissário. – Dou-lhe uma... Dou-lhe duas... Ainda há tempo... Quem dá mais? Repito: dou-lhe uma... dou-lhe duas...

Herschmann não se moveu. Último silêncio. O martelo bateu.

– Quatrocentos mil – exclamou Herschmann, sobressaltando, como se o barulho do martelo o arrancasse de seu torpor.

Tarde demais. A adjudicação era irrevogável.

Todos correram até ele. O que havia acontecido? Por que não falara antes?

Ele começou a rir.

– O que aconteceu? Ora, não faço ideia. Tive um minuto de distração.

– Como é possível?

– Recebi uma carta.

– E essa carta foi suficiente para...

– Para me perturbar, sim, na mesma hora.

Ganimard estava presente. Assistira à venda do anel. Aproximou-se de um funcionário do leilão.

– Foi você que entregou uma carta ao sr. Herschmann?

– Sim.

– Da parte de quem?

– Da parte de uma senhora.

– Onde ela está?

– Onde ela está...? Ali, senhor... aquela senhora de véu.

– A que está indo embora?

– Sim.

Ganimard se precipitou em direção à porta e avistou a senhora, que descia a escada. Ele começou a correr. Um mar de pessoas o deteve perto da saída. Na rua, não a encontrou mais.

Voltou para a sala, abordou Herschmann, apresentou-se e interrogou-o a respeito da carta. Herschmann entregou-a. Continha, escritas a lápis, às pressas, e com uma letra que o financista não conhecia, essas simples palavras: *O diamante azul traz má sorte. Lembre-se do barão d'Hautrec.*

As atribulações do diamante azul não haviam acabado. Já conhecido pelo assassinato do barão d'Hautrec e pelos incidentes da casa Drouot, ele alcançaria, seis meses depois, grande fama. No verão seguinte, roubavam da condessa de Crozon a preciosa joia que ela penara tanto para conseguir.

Resumiremos o curioso caso, cujas emocionantes e dramáticas peripécias apaixonaram a todos e sobre o qual finalmente me é permitido lançar alguma luz.

Na noite de 10 de agosto, os hóspedes do sr. e da sra. de Crozon estavam reunidos no salão do magnífico castelo que domina a baía do rio Somme. Havia música. A condessa se pôs ao piano e colocou sobre um pequeno móvel, perto do instrumento, suas joias, dentre as quais o anel do barão d'Hautrec.

Ao fim de uma hora o conde se retirou, bem como seus dois primos d'Andelle e a sra. de Réal, uma amiga íntima da condessa de Crozon. Esta ficou sozinha com o sr. Bleichen, cônsul austríaco, e sua mulher.

Eles conversaram, depois a condessa apagou uma grande luminária que estava sobre a mesa do salão. Enquanto isso, o sr. Bleichen apagava as duas luminárias do piano. Houve um momento de escuridão, um leve sobressalto, depois o cônsul acendeu uma vela e os três foram para seus aposentos. No entanto, assim que chegou ao seu, a condessa lembrou de suas joias e ordenou à camareira que fosse buscá-las. Esta voltou e as colocou sobre a lareira sem que a senhora as examinasse. No dia seguinte, a sra. de Crozon constatava que faltava um anel, o anel do diamante azul.

Ele informou o fato ao marido. Chegaram a uma conclusão imediata: visto que a camareira estava acima de qualquer suspeita, o culpado só podia ser o sr. Bleichen.

O conde avisou o comissário central de Amiens, que abriu uma investigação e, discretamente, organizou uma vigilância ativa para que o cônsul austríaco não pudesse nem vender nem despachar o anel.

Agentes cercaram o castelo dia e noite.

Duas semanas sem passaram sem o menor incidente. O sr. Bleichen anunciou sua partida. Nesse dia, uma queixa foi depositada contra ele. O comissário interveio oficialmente e ordenou a revista de suas bagagens. Num pequeno estojo cuja chave o cônsul nunca soltava, encontrou-se um frasco de pó dentifrício e, dentro dele, o anel!

A sra. Bleichen desmaiou. Foi dada voz de prisão a seu marido.

Ainda lembramos da linha de defesa adotada pelo culpado. Ele só podia explicar a presença do anel, dizia ele, por uma vingança do sr. de Crozon. "O conde é brutal e faz sua mulher infeliz. Tive uma longa conversa com ela e incentivei-a vivamente ao divórcio. Informado, o conde se vingou pegando o anel e, durante minha partida, colocando-o na *nécessaire* de toalete." O conde e a condessa mantiveram energicamente sua queixa. Entre a explicação que eles davam e a do cônsul, ambas igualmente possíveis, igualmente prováveis, o público só precisava escolher. Nenhum fato novo fez um dos pratos da balança pender. Um mês de mexericos, conjecturas e investigações não produziu um único elemento de certeza.

Incomodados com todo aquele barulho, incapazes de produzir a prova de culpabilidade que teria justificado a acusação que faziam, o sr. e a sra. de Crozon pediram que lhes enviassem de Paris um agente da Segurança Pública capaz de desenredar os fios daquele novelo. Enviaram Ganimard.

Durante quatro dias, o velho inspetor vasculhou, bisbilhotou, passeou no parque, teve longas conversas com a criada, com o motorista, com os jardineiros e funcionários da agência de correios vizinha, visitou os aposentos ocupados pelo casal Bleichen, pelos primos d'Andelle e pela sra. de Réal. Então, certa manhã, desapareceu sem se despedir de seus anfitriões.

Uma semana depois, no entanto, eles recebiam um telegrama:

Rogo-lhes que venham amanhã, sexta-feira, às cinco horas da tarde, ao Chá Japonês, na Rue Boissy-d'Anglas. Ganimard.

Às cinco horas em ponto, naquela sexta-feira, o coche parava na frente do número 9 da Rue Boissy-d'Anglas. Sem uma palavra de explicação, o velho inspetor, que os aguardava na calçada, conduziu-os ao primeiro andar do Chá Japonês.

Numa das salas, encontraram duas pessoas que Ganimard lhes apresentou:

– O sr. Gerbois, professor do liceu de Versalhes, de quem, os senhores devem lembrar, Arsène Lupin roubou meio milhão; e o sr. Léonce d'Hautrec, sobrinho e herdeiro universal do barão d'Hautrec.

Os quatro se sentaram. Alguns minutos depois, uma quinta pessoa chegava. Era o chefe da Segurança Pública.

O sr. Dudouis parecia de péssimo humor. Ele cumprimentou a todos e disse:

– O que houve, Ganimard? Entregaram seu recado telefônico no Departamento de Polícia. É grave?

– Gravíssimo, chefe. Em menos de uma hora, as últimas aventuras, às quais colaborei, terão aqui seu desenlace. Sua presença me pareceu indispensável.

– E também a presença de Dieuzy e Folenfant, que vi lá embaixo, perto da porta?

– Sim, chefe.

– E por quê? Haverá uma prisão? Quanta encenação! Vamos, Ganimard, estamos ouvindo.

Ganimard hesitou por alguns instantes, depois pronunciou, com a visível intenção de chocar seus ouvintes:

– Em primeiro lugar, afirmo que o sr. Bleichen é inocente do roubo do anel.

– Oh! Oh! – fez o sr. Dudouis. – É uma afirmação... muito grave.

E o conde perguntou:

– É a esta... descoberta que se limitam seus esforços?

– Não, senhor. Dois dias depois do roubo, os acasos de uma excursão de automóvel levaram três de seus convidados ao burgo de Crécy. Enquanto duas dessas pessoas visitavam o célebre campo de batalha, a terceira dirigia-se com pressa à agência de correios e enviava uma caixinha fechada com barbante, selada segundo os regulamentos, e registrada por um valor de cem francos.

O sr. de Crozon objetou:

– Não há nada fora do comum nisso.

– Talvez lhe pareça menos comum que essa pessoa, em vez de dar seu nome verdadeiro, tenha efetuado o envio sob o nome de Rousseau, e que o destinatário, um certo sr. Beloux, residente em Paris, tenha se mudado na noite do mesmo dia em que recebeu a caixa, isto é, o anel.

– Foi talvez um de meus primos d'Andelle? – perguntou o conde.

– Não foi um desses senhores.

– Então a sra. de Réal?

– Sim.

A condessa exclamou, estupefata:

– O senhor está acusando minha amiga, a sra. de Réal?

– Uma pergunta, senhora – respondeu Ganimard. – A sra. de Réal assistiu à venda do diamante azul?

– Sim, sozinha. Não estávamos juntas.

– Ela a incitou a comprar o anel?

A condessa parou para pensar.

– Sim... De fato... Acho que foi a primeira a me falar a respeito.

– Tomo nota de sua resposta, senhora. Fica estabelecido que a sra. de Réal foi a primeira a lhe falar desse anel e que a incitou a comprá-lo.

– No entanto... minha amiga é incapaz...

– Perdão, perdão, a sra. de Réal é apenas uma amiga ocasional, e não uma amiga íntima, como publicaram os jornais, que afastaram as suspeitas sobre ela. A senhora só a conhece desde o último inverno. Ora, comprometo-me a demonstrar que tudo o que ela lhe contou sobre si mesma, sobre seu passado, sobre suas relações, é absolutamente falso, que a sra. Blanche de Réal não existia antes de conhecê-la e que, hoje, deixou de existir.

– E depois?

– Depois? – perguntou Ganimard.

– Sim, essa história toda é muito curiosa, mas de que modo se aplica a nosso caso? Se é verdade que a sra. de Réal pegou o anel, o que não foi absolutamente provado, por que ela o escondeu no pó dentifrício do sr. Bleichen? Diabos! Quando nos damos ao trabalho de roubar o diamante azul, ficamos com ele. O que tem a dizer sobre isso?

– Eu, nada, mas a sra. de Réal lhe responderá.

– Então ela existe?

– Ela existe... sem existir. Em poucas palavras, é o seguinte. Há três dias, no jornal que leio diariamente, vi, abrindo a lista de estrangeiros em Trouville, "Hotel Beaurivage: sra. de Réal etc.". Entendam que, na mesma noite, fui para Trouville e interroguei o diretor do Beaurivage. Segundo a descrição e alguns indícios que colhi, essa sra. de Réal era mesmo a pessoa que eu procurava, mas havia partido do hotel, deixando seu endereço em Paris, Rue du Colisée, número 3. Anteontem, apresentei-me nesse endereço e fiquei sabendo que não havia nenhuma sra. de Réal, apenas uma sra. Réal, que morava no segundo andar, que exercia o ofício de corretora de diamantes e que se ausentava com frequência. Na véspera, chegara de viagem. Ontem, bati à porta e ofereci à sra. Réal, sob um nome falso, meus serviços como intermediário junto a pessoas com condição de comprar pedras de valor. Marcamos um encontro aqui, para um primeiro negócio.

– Como! O senhor a espera?

– Às cinco e meia.

– E tem certeza...?

– Que é a sra. de Réal do castelo de Crozon? Tenho provas irrefutáveis. Mas... ouçam... o sinal de Folenfant...

Um apito se fizera ouvir, Ganimard se levantou rapidamente.

– Não há tempo a perder. Sr. e sra. de Crozon, queiram passar para a sala vizinha. O sr. d'Hautrec também... e o sr. Gerbois... A porta ficará aberta e, ao primeiro sinal, pedirei que intervenham. Fique, chefe, por favor.

– E se chegaram outras pessoas? – observou o sr. Dudouis.

– Não corremos esse risco. Esse estabelecimento é novo e o proprietário, que é meu amigo, não deixará vivalma subir... com exceção da mulher loira.

– A mulher loira! O que está dizendo?

– A mulher loira em pessoa, chefe, a cúmplice e amiga de Arsène Lupin, a misteriosa mulher loira, contra quem tenho provas cabais, mas contra quem também quero, na frente do senhor, reunir os testemunhos de todos os que ela despojou.

Ele se debruçou na janela.

– Ela se aproxima... entrou... não tem como escapar. Folenfant e Dieuzy guardam a porta... A mulher loira é nossa, chefe!

Quase na mesma hora, uma mulher parava à porta, alta, magra, rosto muito pálido e cabelos de um ouro intenso.

Uma emoção tão grande sufocou Ganimard que ele emudeceu, incapaz de articular uma palavra sequer. Ela estava ali, na frente dele, à sua disposição!

Que vitória sobre Arsène Lupin! E que revanche! Ao mesmo tempo, essa vitória lhe parecia obtida com tanta facilidade que ele se perguntava se a mulher loira não lhe escaparia por entre os dedos graças a algum dos costumeiros milagres de Lupin.

Ela esperava, surpresa com aquele silêncio, e olhava em volta sem dissimular sua inquietação.

"Ela vai embora! Vai desaparecer!", pensou Ganimard, apavorado.

Bruscamente, interpôs-se entre ela e a porta. Ela se virou e tentou sair.

– Não, não – ele disse. – Por que se afasta?

– Ora, senhor, não entendo suas maneiras. Deixe-me...

– Não há nenhuma razão para que vá embora, senhora, e muitas para que fique.

– Mas...

– Inútil. Não poderá sair.

Pálida, ela se sentou numa cadeira e balbuciou:

– O que quer de mim?

Ganimard era o vencedor. Ele estava com a mulher loira. Senhor de si, falou:

– Apresento-lhe o amigo de que lhe falei e que gostaria de comprar joias... principalmente diamantes. A senhora conseguiu aquele que me havia prometido?

– Não... não... Não sei... Não lembro mais.

– Sim... Tente lembrar... Um conhecido seu lhe entregaria um diamante colorido... "Algo como o diamante azul", eu disse rindo, e a senhora me respondeu: "Justamente, talvez eu tenha algo para o senhor". Lembra-se?

Ela se mantinha em silêncio. A bolsinha que segurava caiu. Juntou-a rapidamente a apertou-a de encontro ao corpo. Seus dedos tremiam um pouco.

– Ora – disse Ganimard –, vejo que não confia em nós, sra. de Réal, então vou dar o exemplo e mostrar-lhe o que eu trouxe.

Ele tirou da carteira um papel, que desdobrou, e estendeu-lhe uma mecha de cabelos.

– Primeiro, alguns fios de Antoinette Bréhat, arrancados pelo barão e encontrados na mão do morto. Consultei a srta. Gerbois: ela reconheceu a cor dos cabelos da mulher loira... a mesma cor dos seus, aliás... exatamente a mesma cor.

A sra. Réal o observava embasbacada, como se não entendesse o sentido de suas palavras. Ele continuou:

– E agora, dois frascos de perfume, sem etiqueta, é verdade, e vazios, mas ainda suficientemente impregnados de aroma para que a srta. Gerbois pudesse, esta manhã mesmo, reconhecer o perfume da mulher loira que foi sua companheira de viagem por duas semanas. Ora, um desses frascos vem do quarto ocupado pela sra. de Réal no castelo de Crozon, e o outro do quarto que a senhora ocupou no Hotel Beaurivage.

– Do que está falando...? Mulher loira... Castelo de Crozon...

Sem responder, o inspetor alinhou quatro folhas em cima da mesa.

– E por fim – ele disse –, nestas quatro folhas, uma amostra da letra de Antoinette Bréhat, outra da mulher que escreveu ao barão Herschmann durante o leilão do diamante azul, outra da sra. de Réal, durante sua estadia em Crozon, e a quarta... da senhora mesmo... seu nome e seu endereço, dados pela senhora ao porteiro do Hotel Beaurivage, em Trouville. Ora, compare as quatro caligrafias. São idênticas.

– Mas o senhor está louco! Louco! O que significa tudo isso?

– Significa, senhora – exclamou Ganimard, com um grande gesto –, que a mulher loira, amiga e cúmplice de Arsène Lupin, não é outra senão a senhora...

Ele empurrou a porta da sala ao lado, correu até o sr. Gerbois, segurou seus ombros e puxou-o até a sra. Réal:

– Sr. Gerbois, reconhece a pessoa que sequestrou sua filha, e que viu na casa do dr. Detinan?

– Não.

Houve uma espécie de comoção, que impactou a todos. Ganimard cambaleou.

– Não...? Será possível... Vamos, pense bem...

– Já pensei... A senhora é loira como a mulher loira... pálida como ela... mas não se parece nem um pouco com ela.

– Não posso acreditar... Um erro como este é inadmissível... Sr. d'Hautrec, reconhece Antoinette Bréhat?

– Vi Antoinette Bréhat na casa de meu tio... não é ela.

– E ela não é a sra. de Réal – afirmou o conde de Crozon.

Foi o golpe de misericórdia. Ganimard ficou tonto e não esboçou reação, de cabeça baixa e olhar perdido. De todas as suas manobras, nenhuma se sustentava. O edifício desmoronava.

O sr. Dudouis se levantou.

– Desculpe-nos, senhora, houve uma lamentável confusão que lhe rogo seja esquecida. Mas o que não entendo é sua perturbação... sua estranha atitude desde que chegou aqui.

– Meu Deus, senhor, eu estava com medo... levo mais de cem mil francos em joias em minha bolsa, e as maneiras de seu amigo não eram muito tranquilizadoras.

– E suas ausências constantes?

– Minha profissão as exige, não?

O sr. Dudouis não soube o que responder. Voltou-se para seu subordinado.

– O senhor obteve suas informações com deplorável leviandade, Ganimard, e há pouco se portou com essa senhora de maneira extremamente indelicada. Apresente-se em meu gabinete para explicações.

A entrevista estava encerrada e o chefe da Segurança Pública se preparava para sair quando um fato realmente desconcertante aconteceu. A sra. Réal se aproximou do inspetor e disse:

– Ouvi que o senhor se chama Ganimard... não estou enganada?

– Não.

– Nesse caso, esta carta deve ser para o senhor, recebi-a hoje de manhã, com o endereço que o senhor pode ver: "Sr. Justin Ganimard, aos cuidados da sra. Réal". Pensei que fosse uma brincadeira, pois eu não o conhecia com esse nome, mas esse remetente desconhecido sem dúvida sabia de nosso encontro.

Por uma singular intuição, Justin Ganimard esteve a ponto de pegar a carta e destruí-la. Não ousou fazer isso diante de seu superior e abriu o envelope. A carta continha as seguintes palavras, que ele leu numa voz quase inaudível:

> *Era uma vez uma mulher loira, um Lupin e um Ganimard. Ora, o malvado Ganimard queria fazer mal à bela mulher loira. E o bom Lupin não queria que isso acontecesse. Então o bom Lupin, desejoso de que a mulher loira se tornasse íntima da condessa de Crozon, fez com que se chamasse sra. de Réal, que é o mesmo nome – ou quase – de uma honesta comerciante de cabelos dourados e tez pálida. O bom Lupin disse para si mesmo: "Se o malvado Ganimard um dia estiver na pista da mulher loira, será proveitoso*

fazê-lo desviar para a pista da honesta comerciante!". Sábia precaução, rendeu frutos. Uma pequena nota enviada ao jornal do malvado Ganimard, um frasco de perfume esquecido de propósito pela verdadeira mulher loira no Hotel Beaurivage, o nome e o endereço da sra. Réal escritos pela mesma mulher loira nos registros do hotel, e pronto. O que acha, Ganimard? Quis contar-lhe a aventura nos mínimos detalhes, sabendo que o senhor seria o primeiro a rir. Ela é de fato excitante e, de minha parte, confesso que me diverti loucamente.
Portanto obrigado, caro amigo, e mande lembranças minhas ao excelente sr. Dudouis.

Arsène Lupin.

– Mas ele sabe tudo! – gemeu Ganimard, que não pensava nem um pouco em rir. – Ele sabe coisas que não contei a ninguém. Como podia saber que eu pediria que o senhor viesse, chefe? Como podia saber da descoberta do primeiro frasco...? Como podia saber...?

Ele batia os pés, arrancava os cabelos, tomado pelo mais trágico desespero.

O sr. Dudouis teve pena do inspetor.

– Vamos, Ganimard, anime-se, faremos melhor da próxima vez.

E o chefe da Segurança Pública se afastou, acompanhado da sra. Réal.

Dez minutos se passaram. Ganimard lia e relia a carta de Lupin. Num canto, o sr. e a sra. de Crozon, o sr. d'Hautrec e o sr. Gerbois conversavam animadamente. Por fim, o conde foi até o inspetor e disse:

– O resultado de tudo isso, caro senhor, é que não avançamos nada.

– Com licença! Minha investigação estabeleceu que a mulher loira é a heroína indiscutível dessas aventuras e que Lupin a dirige. É um passo enorme.

– E que não serve para nada. O caso talvez esteja ainda mais obscuro. A mulher loira mata para roubar o diamante azul e não o rouba. Depois, rouba o diamante para se livrar dele em proveito de outra pessoa.

– Não posso fazer nada.

– Verdade, mas alguém talvez possa.

– O que quer dizer com isso?

O conde hesitava, mas a condessa tomou a palavra e foi bem clara:

– A meu ver existe um homem, somente um além do senhor, que seria capaz de combater Lupin e encurralá-lo. Sr. Ganimard, veria com desagrado o fato de solicitarmos a ajuda de Herlock Sholmes?

Ele ficou desconcertado.

– Não... Só que... Não entendo direito...

– Ora. Esses mistérios todos me irritam. Quero ver com clareza. O sr. Gerbois e o sr. d'Hautrec têm a mesma vontade e concordamos em solicitar a ajuda do famoso detetive inglês.

– A senhora tem razão – disse o inspetor, com uma lealdade que não deixava de ter certo mérito –, toda razão. O velho Ganimard não tem forças para lutar contra Arsène Lupin. Herlock Sholmes conseguirá? Espero que sim, pois sinto por ele a maior admiração... No entanto... É pouco provável...

– É pouco provável que vença?

– É minha opinião. Acredito que o resultado de um duelo entre Herlock Sholmes e Arsène Lupin só pode ser um. O inglês será derrotado.

– Em todo caso, ele pode contar com o senhor?

– Inteiramente, senhora. Minha cooperação é garantida e sem reservas.

– Conhece seu endereço?

– Sim, Parker Street, 219.

Naquela noite, o sr. e a sra. de Crozon retiravam sua queixa contra o cônsul Bleichen e uma carta coletiva era endereçada a Herlock Sholmes.

Capítulo 3

Herlock Sholmes dá início às hostilidades

– O que desejam, senhores?

– Qualquer coisa – respondeu Arsène Lupin, que pouco se interessava por detalhes culinários... – Qualquer coisa que não seja carne ou álcool.

O garçom se afastou, desdenhoso.

Exclamei:

– Ainda vegetariano?

– Cada vez mais – afirmou Lupin.

– Por gosto? Por crença? Por hábito?

– Por higiene.

– E nunca comete uma infração?

– Ah, sim... Quando frequento a sociedade... para não chamar a atenção.

Jantávamos perto da Gare du Nord, nos fundos de um pequeno restaurante ao qual fui convocado por Arsène Lupin. Ele gosta, de tempos em tempos, de me convidar pela manhã, por telegrama, para um encontro em algum canto de Paris. Ele sempre demonstra uma verve inesgotável, alegria de viver, é simples e bonachão, e sempre me presenteia com uma anedota inesperada, uma recordação, o relato de uma aventura que eu ignorava.

Naquela noite, pareceu-me mais exuberante do que o normal. Ria e conversava com singular animação, e com a ironia fina que lhe é particular, ironia sem amargura, leve e espontânea. Era um prazer vê-lo daquele jeito e não pude deixar de expressar-lhe meu contentamento.

– Pois é! – ele exclamou. – Há dias em que tudo me parece delicioso, em que a vida é como um tesouro infinito que nunca poderei esgotar. E Deus sabe que vivo sem economizar!

– Talvez até demais.

– O tesouro é infinito, estou dizendo! Posso gastar e desperdiçar, posso atirar minhas forças e minha juventude aos quatro ventos, crio espaço para energias mais vivas e mais jovens... e realmente, minha vida é tão boa... bastaria querer, não é mesmo, para me tornar da noite para o dia, sei lá... orador, dono de fábrica, político... pois bem, juro que jamais teria essa ideia! Arsène Lupin sou, Arsène Lupin serei. E em vão procuro na história um destino comparável ao meu, mais realizado, mais intenso... Napoleão? Sim, talvez... Mas o Napoleão do fim da carreira imperial, durante a campanha da França, quando a Europa o esmagava e ele se perguntava a cada batalha se não seria a última.

Falava sério? Brincava? Sua voz se tornara mais quente, e ele continuou.

– Está tudo aqui. Veja bem, o perigo! A constante impressão de perigo! Respirá-lo como o ar que respiramos, distingui-lo a seu redor arquejando, rugindo, espreitando, se aproximando... E no meio da tempestade, manter a calma... não pestanejar! Senão, estamos perdidos... Só existe uma sensação equivalente, a do motorista de corrida de automóveis!

Mas a corrida dura uma manhã, e a minha corrida dura a vida inteira!

– Quanto lirismo! – exclamei. – E quer que eu acredite que não tem um motivo especial para essa excitação!

Ele sorriu.

– Ora – ele disse –, você é um bom psicólogo. Há de fato uma coisa.

Ele se serviu de um grande copo de água fresca, bebeu-o e disse:

– Você leu o *Temps* de hoje?

– Sinceramente, não.

– Herlock Sholmes atravessou a Mancha esta tarde e chegou por volta das seis horas.

– Diabos! E por quê?

– Uma pequena viagem oferecida pelos Crozon, pelo sobrinho d'Hautrec e pelo Gerbois. Eles se encontraram na Gare du Nord e, de lá, foram até Ganimard. Neste momento, os seis confabulam.

Nunca, apesar da formidável curiosidade que Arsène Lupin me inspira, permito-me interrogá-lo sobre os atos de sua vida privada antes que ele mesmo os mencione. Trata-se, de minha parte, de uma questão de discrição sobre a qual nunca transijo. Naquele momento, aliás, seu nome ainda não fora envolvido, ao menos oficialmente, no caso do diamante azul. Portanto, tive paciência. Ele retomou:

– O *Temps* também publicou uma entrevista com o excelente Ganimard, segundo a qual uma certa mulher loira, que seria minha amiga, teria assassinado o barão d'Hautrec e tentado subtrair da sra. de Crozon o célebre anel. E, é claro, ele me acusa de ser o instigador desses crimes.

Um leve arrepio me invadiu. Seria verdade? Eu deveria acreditar que o hábito de roubar, seu estilo de vida, a própria lógica dos acontecimentos, haviam levado aquele homem ao assassinato? Observei-o. Ele parecia tão calmo, seus olhos me encaravam com tanta franqueza!

Examinei suas mãos: tinham delicadeza, contornos alongados, eram mãos realmente inofensivas, mãos de artista...

– Ganimard é um alucinado – murmurei.

Ele protestou:

– Não, não, Ganimard tem sutileza... às vezes até inspiração.

– Inspiração!

– Sim, sim. Por exemplo, a entrevista foi um golpe de mestre. Primeiro, anunciou a chegada de seu rival inglês, para me pôr de sobreaviso e tornar a tarefa deste mais difícil. Depois, apresentou até que ponto levou o caso, para que Sholmes só tenha o benefício das próprias descobertas. Nada mais justo!

– Seja como for, você precisará lidar com dois adversários, e que adversários!

– Ora, um deles não conta.

– E o outro?

– Sholmes? Ah, admito que tem estatura! Mas é justamente o que me fascina e o motivo de meu bom humor. Primeiro, por uma questão de amor-próprio: não julgam demasiado chamar o famoso inglês para me vencer. Depois, pense no prazer que deve sentir um lutador como eu ante a ideia de um duelo com Herlock Sholmes. Enfim, serei obrigado a me dedicar com afinco! Pois conheço o sujeito, ele não recuará nenhum passo.

– Ele é bom.

– Muito bom. Como policial, não creio que jamais tenha existido ou que um dia venha a existir alguém como ele. Mas tenho uma vantagem: é ele que ataca e eu que me defendo. Meu papel é mais fácil. Além disso...

Sorriu imperceptivelmente e conclui sua frase:

– Além disso, conheço sua maneira de lutar e ele não conhece a minha. Reservei-lhe alguns golpes secretos que o farão pensar...

Ele tamborilava os dedos na mesa e deixava escapar pequenas frases de êxtase.

– Arsène Lupin contra Herlock Sholmes... A França contra a Inglaterra... Trafalgar finalmente será vingada! Ah! Pobre coitado... Nem desconfia o que estou preparado... E um Lupin prevenido...

Ele se interrompeu subitamente, sacudido por uma crise de tosse, e escondeu o rosto no guardanapo, como se tivesse engasgado.

– Uma migalha de pão? – perguntei. – Beba um pouco de água.

– Não, não é isso – ele disse, com a voz sufocada.

– Então o que foi?

– Preciso de ar.

– Quer que abram a janela?

– Não, vou sair... Rápido, passe-me o sobretudo e o chapéu, preciso ir...

– Ah! Mas o que aconteceu...?

– Os dois senhores que acabam de entrar... Veja o mais alto... Ao sair, fique à minha esquerda de modo que ele não possa me ver.

– O que sentou atrás de você?

– Sim... Por razões pessoais, prefiro... Explico lá fora...

– Mas quem é?

– Herlock Sholmes.

Ele fez um imenso esforço sobre si mesmo, como se tivesse vergonha de sua agitação, pousou o guardanapo na mesa, tomou um copo d'água e me disse sorrindo, totalmente recuperado:

– Engraçado, não? Não costumo me abalar com facilidade, mas essa aparição inesperada...

– O que teme, se ninguém pode reconhecê-lo com todas as suas transformações? Mesmo eu, a cada vez que o vejo sinto estar diante de um indivíduo novo.

– Ele me reconhecerá – disse Arsène Lupin. – Viu-me uma única vez, mas senti que me via pela vida toda, e que não via apenas minha aparência sempre modificável, mas o ser que sou... E depois... e depois... Eu não esperava isso, enfim! Que encontro singular... Neste pequeno restaurante...

– Muito bem – eu disse –, vamos?

– Não... não...

– O que vai fazer?

– O melhor seria agir abertamente... Revelar-me...

– Não está realmente pensando nisso...?

– Claro que sim... Além disso, seria uma vantagem conversar com ele, descobrir o que sabe... Ah! Tenho a impressão de que seus olhos pousam em minha nuca, em meus ombros... E que procura... Tenta lembrar...

Lupin pensava. Percebi um sorriso de malícia no canto de seus lábios, depois, creio que obedecendo a um capricho de sua natureza impulsiva, mais do que às necessidades da situação, levantou-se bruscamente, voltou-se e, inclinando-se, disse todo alegre:

– Mas que coincidência! É realmente muita sorte... Permita-me apresentar-lhe um amigo...

Por um segundo ou dois, o inglês ficou desconcertado, depois esboçou um movimento instintivo em que pareceu prestes a se atirar sobre Arsène Lupin. Este balançou a cabeça:

– Seria um erro... Sem contar que o gesto seria deselegante... e totalmente inútil!

O inglês virou para a direita e para a esquerda, como se buscasse ajuda:

– Isso também... – disse Lupin. – Aliás, tem certeza de ser capaz de colocar as mãos em mim? Ora, mostre-se bom jogador.

Mostrar-se bom jogador, no caso, não era muito tentador. No entanto, pareceu a melhor coisa a ser feita, pois o inglês ergueu um pouco o corpo da cadeira e apresentou com frieza:

– Sr. Wilson, meu amigo e colaborador.

– Sr. Arsène Lupin.

O espanto de Wilson foi hilariante. Os olhos arregalados e a boca entreaberta enrugaram seu rosto cheio, de pele luzidia e esticada como uma maçã, em torno do qual cabelos à escovinha e uma barba curta estavam plantados como tufos de grama, abundantes e vigorosos.

– Wilson não esconde seu espanto diante dos mais naturais acontecimentos do mundo – riu Herlock Sholmes, com um toque de zombaria.

Wilson balbuciou:

– Por que não o prende?

– Você não percebeu, Wilson, que o cavalheiro está entre mim e a porta, e a dois passos da rua? Eu não teria tempo de mexer o dedo mínimo e ele já estaria longe.

– Não seja por isso – disse Lupin.

Deu a volta na mesa e se sentou de maneira que o inglês ficasse entre a porta e ele. Colocava-se à sua mercê.

Wilson olhou para Sholmes, para saber se tinha o direito de admirar aquela ousadia. O inglês manteve-se impenetrável. Um instante depois, porém, chamou:

– Garçom!

O garçom se apresentou. Sholmes pediu:

– Água gaseificada, cerveja e uísque.

A paz estava firmada... até segunda ordem. Pouco depois, os quatro sentados à mesma mesa, conversando tranquilamente.

Herlock Sholmes é um homem... como outro qualquer. Na casa dos cinquenta anos, parece um típico burguês que passou a vida na frente de uma escrivaninha, mantendo livros de contabilidade. Nada o distingue de um honesto cidadão de Londres, nem as suíças avermelhadas, nem o queixo escanhoado, nem o aspecto um pouco pesado – nada a não ser os olhos terrivelmente atentos, vivos e penetrantes.

Enfim, ele é Herlock Sholmes, isto é, uma espécie de fenômeno da intuição, da observação, da clarividência e da engenhosidade. A natureza parecia ter se divertido em pegar os dois tipos de policial mais extraordinários que a imaginação produziu, o Dupin de Edgar Poe e o Lecoq de Gaboriau, para construir um à sua maneira, mais extraordinário ainda e mais irreal. E de fato nos perguntamos, quando ouvimos o relato dos feitos que o tornaram célebre no mundo inteiro, nos perguntamos se ele mesmo, esse Herlock Sholmes, não é um personagem lendário, um herói criado pelo cérebro de um grande romancista, um Conan Doyle, por exemplo.

Imediatamente, visto que Arsène Lupin lhe perguntava sobre a duração de sua estadia, Sholmes levou a conversa para seu verdadeiro terreno.

– Minha estadia depende do senhor, Lupin.

– Ah! – exclamou o outro, rindo. – Se dependesse de mim, eu pediria que reembarcasse já esta noite.

– Esta noite é um pouco cedo, mas espero que em oito ou dez dias...

– Está com tanta pressa assim?

– Tenho muitas coisas em andamento, o roubo do banco anglo-chinês, o sequestro de Lady Eccleston... Então, sr. Lupin, acredita que uma semana será suficiente?

– Mais do que suficiente, se o senhor se ativer ao duplo caso do diamante azul. De qualquer forma, é o tempo que preciso para tomar minhas precauções, caso a solução desse duplo mistério lhe dê sobre mim algumas vantagens que ameacem minha segurança.

– Ora! – exclamou o inglês – Pretendo dispor dessas vantagens no espaço de oito a dez dias.

– E me prender no décimo primeiro, talvez?

– No décimo, no máximo.

Lupin refletiu e, balançando a cabeça, disse:

– Difícil... Difícil...

– Difícil, sim, mas possível, portanto inevitável.

– Absolutamente inevitável – disse Wilson, como se ele mesmo tivesse definido com clareza a longa série de operações que levariam seu colaborador ao resultado anunciado.

Herlock Sholmes sorriu:

– Wilson, que entende do assunto, está aqui para atestá-lo.

E continuou:

– Evidentemente, não disponho de todas as informações necessárias, pois se trata de casos ocorridos há alguns meses. Faltam-me elementos, os indícios sobre os quais costumo basear minhas investigações.

– Como manchas de lama e cinzas de cigarro – explicitou Wilson, com importância.

– Mas além das notáveis conclusões do sr. Ganimard, tenho a meu dispor todos os artigos escritos sobre o caso, todas as observações recolhidas e, consequentemente, algumas ideias pessoais sobre os fatos.

– Pontos de vista que nos foram sugeridos seja por análise, seja por hipótese – acrescentou Wilson sentenciosamente.

– Seria indiscreto – quis saber Arsène Lupin, com o tom deferente que usava para falar com Sholmes – perguntar-lhe a opinião geral que conseguiu formar a respeito?

Realmente, era apaixonante ver aqueles dois homens na presença um do outro, com os cotovelos sobre a mesa, conversando de maneira grave e pausada como se precisassem resolver um problema árduo ou chegar a um acordo sobre um ponto controverso. E tudo com uma ironia superior, que ambos dominavam profundamente, como diletantes e artistas. Wilson, por sua vez, se extasiava.

Herlock encheu o cachimbo com calma, acendeu-o e se expressou da seguinte maneira:

– Avalio este caso infinitamente menos complexo do que parece à primeira vista.

– Muito menos, de fato – disse Wilson, eco fidedigno.

– Para mim, o caso é um só. A morte do barão d'Hautrec, a história do anel e, não esqueçamos, o mistério do número 514 – série 23 são diferentes facetas do que poderíamos chamar de enigma da mulher loira. Ora, a meu ver, trata-se apenas de descobrir o vínculo entre os três episódios da mesma história, o fato que prove a unidade dos três métodos. Ganimard, cujo julgamento é um pouco superficial, vê essa unidade na capacidade de desaparecer, no poder de ir e vir mantendo-se invisível. Essa intervenção do milagre não me satisfaz.

– Então...?

– Então, na minha opinião – enunciou Sholmes com clareza –, a característica dessas três aventuras é sua vontade manifesta, evidente, ainda que não percebida até agora, de levar o caso para um terreno previamente escolhido pelo senhor. Há, de sua parte, mais que um plano, uma necessidade, uma condição *sine qua non* de êxito.

– Poderia especificar alguns detalhes?

– Facilmente. Desde o início de seu conflito com o sr. Gerbois fica evidente que o apartamento do dr. Detinan foi o local escolhido pelo senhor, o local inevitável onde a reunião deve ocorrer. Não há nenhum outro que lhe pareça mais seguro, a ponto de marcar um encontro público, por assim dizer, com a mulher loira e a srta. Gerbois.

– A filha do professor – especificou Wilson.

– Agora falemos do diamante azul. O senhor tentou se apropriar do anel quando ele pertencia ao barão d'Hautrec? Não. Mas o barão herda o palacete do irmão: seis meses depois, intervenção de Antoinette Bréhat e primeira tentativa. O diamante lhe escapa e a venda é organizada com grande alarde na casa Drouot. O leilão é inequívoco? O colecionador mais rico consegue adquirir a joia? De forma alguma. Na hora em que o banqueiro Herschmann vai arrematá-la, uma mulher faz chegar em suas mãos uma carta de ameaças e a condessa de Crozon, preparada, influenciada por esta mesma mulher, compra o diamante. Este finalmente desaparece? Não: faltam meios ao senhor. Portanto, interlúdio. Até que a condessa se instala em seu castelo. Era o que o senhor estava esperando. O anel desaparece.

– Para reaparecer no pó dentifrício do cônsul Bleichen, estranha anomalia – objetou Lupin.

– Ora, vamos – exclamou Herlock, batendo o punho na mesa –, não é a mim que deve contar essas tolices. Que os imbecis se deixem enganar, vá lá, mas não a velha raposa que sou.

– Quer dizer que...?

– Quero dizer que...

Sholmes tomou seu tempo, como se quisesse causar mais impacto. Por fim, disse:

– O diamante azul que foi encontrado no pó dentifrício é um diamante falso. O verdadeiro está em seu poder.

Arsène Lupin permaneceu em silêncio por um instante, depois, com os olhos fixos no inglês, limitou-se a dizer:

– O senhor é um homem notável.

– Um homem notável, não é mesmo? – repetiu Wilson, cheio de admiração.

– Sim – concordou Lupin –, tudo se ilumina, tudo adquire seu verdadeiro sentido. Nenhum dos juízes de instrução, nenhum dos jornalistas especiais que se empenharam nesses casos, chegaram tão longe na direção da verdade. É um milagre da intuição e da lógica.

– Ah! – fez o inglês, lisonjeado com o reconhecimento daquele especialista. – Bastava refletir.

– Bastava refletir, e tão poucos o fazem! Mas agora que o leque possibilidades foi restrito e o terreno está limpo...

– Pois bem, agora só preciso descobrir por que as três aventuras se desenrolaram no número 25 da Rue Clapeyron, no número 134 da Avenue Henri Martin e dentro do castelo de Crozon. O caso se resume a isso. O resto não passa de bagatelas e charadas pueris. Não concorda?

– Concordo.

– Nesse caso, sr. Lupin, estou errado em repetir que em dez dias meu trabalho estará concluído?

– Em dez dias toda a verdade será conhecida.

– E o senhor será preso.

– Não.

– Não?

– Para que eu seja preso é preciso um concurso de circunstâncias tão inverossímil, uma série de tristes acasos tão assombrosos, que não admito essa eventualidade.

– Aquilo que as circunstâncias e os acasos adversos não podem, a vontade e a obstinação de um homem poderão, sr. Lupin.

– Se a vontade e a obstinação de outro homem não opuserem a esse intento um obstáculo invencível, sr. Sholmes.

– Não existe obstáculo invencível, sr. Lupin.

O olhar que eles trocaram foi profundo, sem provocação de ambas as partes, apenas calmo e audacioso. Era o choque de duas espadas que se tocavam. Seu som era claro e franco.

– Já não era sem tempo – exclamou Lupin –, finalmente alguém! Um adversário à altura, uma ave rara, Herlock Sholmes! Vamos nos divertir.

– Não tem medo? – perguntou Wilson.

– Quase, sr. Wilson, e a prova – disse Lupin levantando-se – é que vou acelerar meus arranjos de retirada... Caso contrário, correria o risco de ser capturado em minha toca. Digamos dez dias, então, sr. Sholmes?

– Dez dias. Hoje é domingo. Na quarta-feira da outra semana tudo estará terminado.

– E eu estarei atrás das grades?

– Sem a menor dúvida.

– Arre! Eu gostava tanto de minha vida pacata. Sem aborrecimentos, uma boa sequência de negócios, a polícia à distância e a reconfortante impressão da universal simpatia que me cerca... Tudo isso precisará mudar! Enfim, o reverso da medalha... Depois do tempo bom, a chuva... Não posso mais rir. Adeus...

– Seja rápido – disse Wilson, cheio de solicitude pelo indivíduo ao qual Sholmes inspirava visível consideração –, não perca um minuto.

– Nem um minuto, sr. Wilson, apenas o tempo de dizer-lhe como estou feliz com nosso encontro, e como invejo o mestre de ter um colaborador tão precioso quanto o senhor.

Cumprimentaram-se com respeito e desenvoltura, como dois adversários não divididos por nenhum ódio, mas obrigados pelo destino a lutar sem misericórdia. Lupin, agarrando meu braço, puxou-me para a rua.

– O que me diz, meu caro? Eis uma refeição cujos incidentes causarão boa impressão nas memórias que prepara sobre mim.

Ele fechou a porta do restaurante e, detendo-se alguns passos depois, perguntou:

– Você fuma?

– Não, mas você também não, me parece.

– Eu também não.

Ele acendeu um cigarro com um fósforo de cera, que agitou várias vezes para apagar. Mas logo jogou fora o cigarro, atravessou correndo a rua e se juntou a dois homens que acabavam de surgir da sombra, como chamados por um sinal. Conversou por alguns minutos com eles, na calçada oposta, depois voltou até mim.

– Peço-lhe perdão, o maldito Sholmes vai me dar trabalho. Mas juro que ainda não acabou com Lupin... O espertalhão verá do que sou capaz... Adeus... O indescritível Wilson tem razão, não tenho um minuto a perder.

E afastou-se rapidamente.

Assim terminou aquela estranha noite, ou pelo menos a parte da noite em que estive envolvido. Pois nas horas que se seguiram produziram-se outros acontecimentos, que as confidências dos demais convivas do jantar felizmente me permitiram reconstituir em detalhe.

No exato momento em que Lupin me deixava, Herlock Sholmes consultava o relógio e se levantava por sua vez.

– Vinte para as nove. Às nove horas devo encontrar o conde e a condessa na estação.

– A caminho! – exclamou Wilson, virando dois copos de uísque, um depois do outro.

Eles saíram.

– Wilson, não olhe agora... Talvez estejamos sendo seguidos; nesse caso, façamos como se não nos importássemos... Diga-me o que acha, Wilson: por que Lupin estava nesse restaurante?

Wilson não hesitou.

– Para comer.

– Wilson, quanto mais trabalhamos juntos, mais percebo a continuidade de seus progressos. Palavra de honra, está se tornando espantoso.

Na penumbra, Wilson corou de prazer, e Sholmes continuou:

– Para comer, que seja, e também, provavelmente, para assegurar-se de que irei de fato para Crozon, como Ganimard anunciou na entrevista. Irei, então, para não contrariá-lo. Mas como se trata de ganhar tempo sobre ele, não irei.

– Ah! – fez Wilson, desconcertado.

– Você, meu amigo, siga por esta rua, pegue um coche, depois outro, e mais outro. Volte mais tarde para buscar as malas que deixamos no guarda-volumes e depois siga a galope até o Élysée-Palace.

– E no Élysée-Palace?

– Peça um quarto, deite-se, durma como uma pedra e aguarde minhas instruções.

Wilson, todo orgulhoso do importante papel que lhe era confiado, partiu. Herlock Sholmes pegou seu bilhete e se dirigiu ao expresso de Amiens, onde o conde e a condessa de Crozon já estavam instalados.

Ele se contentou em cumprimentá-los, acendeu um segundo cachimbo e fumou tranquilamente, de pé no corredor.

O trem entrou em movimento. Dez minutos depois, Sholmes sentou-se ao lado da condessa e perguntou-lhe:

– Está com o anel, senhora?

– Sim.

– Preciso pegá-lo emprestado, por favor.

Ele o pegou e examinou.

– É de fato o que pensei, diamante reconstituído.

– Diamante reconstituído?

– Uma nova técnica que consiste em submeter o pó de diamante a altíssimas temperaturas, de maneira a que entre em fusão... bastando reconstituí-lo numa única pedra.

– Como! Meu diamante é verdadeiro.

– O seu, sim, mas este não é o seu.

– Onde está o meu, então?

– Nas mãos de Arsène Lupin.

– E este aqui?

– Este aqui foi trocado pelo seu e colocado no frasco do sr. Bleichen, onde foi encontrado.

– É falso, então?

– Absolutamente falso.

Estupefata, abalada, a condessa se calou, enquanto seu marido, incrédulo, virava e revirava a joia em todos os sentidos. Ele acabou balbuciando:

– Será possível? Mas por que não o roubaram, simplesmente? E como o pegaram?

– É justamente o que tratarei de esclarecer.

– No castelo de Crozon?

– Não, descerei em Creil e retornarei a Paris. É lá que deve ser travado meu duelo com Arsène Lupin. O confronto vale nos dois lugares, mas é preferível que Lupin me acredite em viagem.

– Mas...

– Não se preocupe, senhora. O importante é seu diamante, não é mesmo?

– Sim.

– Muito bem, fique tranquila. Assumi há pouco um compromisso muito mais difícil. Palavra de Herlock Sholmes: eu lhe devolverei o diamante verdadeiro.

O trem diminuía a velocidade. Ele colocou o falso diamante no bolso e abriu a porta do vagão. O conde exclamou:

– Mas vai descer na contramão!

– Dessa maneira, se Lupin tiver alguém me vigiando, perderá meu rastro. Adeus.

Um funcionário protestou inutilmente. O inglês se dirigiu ao escritório do chefe da estação. Cinquenta minutos depois, saltava num trem que o deixaria em Paris um pouco antes da meia-noite.

Atravessou a estação correndo, passou pela cafeteria, saiu por outra porta e se precipitou dentro de um fiacre.

– Cocheiro, Rue Clapeyron.

Certo de não estar sendo seguido, fez o coche parar no início da rua e se dedicou a um exame minucioso do prédio do dr. Detinan e dos dois prédios vizinhos. Com passadas iguais, media algumas distâncias e registrava observações e números em sua caderneta.

– Cocheiro, Avenue Henri Martin.

Na esquina da avenida com a Rue de la Pompe, pagou o transporte, seguiu pela calçada até o número 134 e repetiu as mesmas operações na frente do antigo palacete do barão d'Hautrec e dos dois imóveis que o cercavam, medindo o comprimento das respectivas fachadas e calculando a profundidade dos pequenos jardins à frente delas.

A avenida estava deserta e muito escura sob suas quatro fileiras de árvores, entre as quais, de tanto em tanto, um bico de gás parecia lutar inutilmente contra a espessura das trevas. Um deles projetava uma luz pálida sobre parte do palacete e Sholmes pôde enxergar o letreiro "aluga-se" pendurado no portão, as duas alamedas descuidadas em torno da grama miúda e as grandes janelas vazias da casa desabitada.

"É verdade", ele pensou, "desde a morte do barão não há locatários... Ah, se eu pudesse entrar e fazer uma primeira visita!"

Bastou a ideia surgir para ele querer colocá-la em prática. Mas como? Visto que a altura do portão tornava impossível qualquer tentativa de escalada, tirou do bolso uma lanterna e a chave-mestra que sempre o acompanhava. Para seu grande espanto, percebeu que um dos batentes estava entreaberto. Esgueirou-se no jardim, então, tomando o cuidado de não fechar o batente. Mas assim que deu três passos, parou. Uma luz havia passado por uma das janelas do segundo andar.

E a luz passou por uma segunda janela e por uma terceira, sem que ele conseguisse ver outra coisa além de uma silhueta nas paredes dos quartos. Do segundo andar, a luz desceu ao primeiro e, por um bom tempo, vagou de peça em peça.

"Quem diabos pode estar passeando à uma hora da manhã na casa onde o barão d'Hautrec foi assassinado?", perguntou-se Herlock Sholmes, prodigiosamente interessado.

Só havia uma maneira de saber: entrando na casa também. Ele não hesitou. Mas quando atravessou a faixa luminosa lançada pelo bico de gás para chegar ao alpendre, o homem deve ter percebido sua presença, pois a luz se apagou de repente e Herlock Sholmes não voltou a vê-la.

Delicadamente, empurrou a porta do alpendre. Ela também estava aberta. Não ouvindo nenhum ruído, arriscou-se na escuridão, encontrou o corrimão e subiu. Sempre o mesmo silêncio, as mesmas trevas.

Chegando ao andar, entrou num aposento e se aproximou da janela que recebia um pouco da luz da noite. Avistou, então, na rua, o homem que sem dúvida havia descido por outra escada e saído por outra porta, e que se esgueirava à esquerda, pelos arbustos ao longo do muro de separação entre os dois jardins.

– Maldição! – exclamou Sholmes. – Ele vai escapar!

Desceu correndo as escadas e atravessou o alpendre para interromper a fuga do homem. Mas não viu mais ninguém e levou alguns segundos para distinguir no emaranhado de arbustos uma massa escura e não totalmente imóvel.

O inglês refletiu. Por que o sujeito não havia tentado fugir, se podia fazê-lo com tanta facilidade? Estaria ali para vigiar o intruso que o havia perturbado em sua misteriosa tarefa?

"Em todo caso", pensou, "não é Lupin. Lupin seria mais cuidadoso. É alguém de seu bando."

Longos minutos se passaram. Herlock não se mexia, o olho fixo no adversário que o espiava. Mas como esse adversário também não se mexia e o inglês não era homem de se perder na inação, verificou o tambor de seu revólver, desembainhou o punhal e caminhou na direção do inimigo com a ousadia fria e o desdém pelo perigo que o tornam tão temível. Um ruído seco: o indivíduo engatilhava o revólver. Herlock se atirou bruscamente nos arbustos. O outro não teve tempo de se virar: o inglês já estava em cima dele. Houve uma luta violenta, desesperada, ao longo da qual Herlock adivinhava o esforço do homem para puxar a faca. Sholmes, excitado pela ideia da vitória iminente, pelo desejo intenso de se apoderar, desde o início, daquele cúmplice de Arsène Lupin, sentia-se com uma força irresistível. Derrubou o adversário, colocou todo o peso de seu corpo sobre o dele e, com os cinco dedos em garra na garganta do infeliz, imobilizando-o, pegou a lanterna com a mão livre, apertou o botão e projetou a luz no rosto do prisioneiro.

– Wilson! – ele gritou, aterrorizado.

– Herlock Sholmes – balbuciou uma voz estrangulada, cavernosa.

Permaneceram um bom tempo um sobre o outro sem trocar palavra, ambos derrotados, o cérebro vazio. A buzina de um automóvel rasgou o ar. Um pouco de vento agitou as folhas. Sholmes não se mexia, os cinco dedos ainda agarrados ao pescoço de Wilson, que estertorava.

De repente, Herlock foi dominado pela raiva, largou o amigo mas agarrou-o pelos ombros e sacudiu-o com desvario.

– O que está fazendo? Responda... Hein? Por acaso pedi para se esconder nos arbustos e me espionar?

– Espioná-lo? – gemeu Wilson. – Mas eu não sabia que era você!

– Então o quê? O que está fazendo aqui? Devia estar deitado.

– Eu me deitei.

– Devia ter dormido!

– Dormi.

– Não devia ter acordado!

– Sua carta...

– Minha carta?

– Sim, um mensageiro a entregou no hotel...

– De minha parte? Enlouqueceu?

– Juro.

– Onde está a tal carta?

Seu amigo lhe estendeu uma folha de papel. Com a luz da lanterna, ele leu com espanto:

Wilson, saia da cama e corra até a Avenue Henri Martin. A casa está vazia. Entre, inspecione, faça uma planta exata e volte para dormir. Herlock Sholmes.

– Eu estava medindo os aposentos – disse Wilson –, quando vi uma sombra no jardim. Só consegui pensar numa coisa...

– Pegar a sombra... Excelente ideia... Só que, veja bem – disse Sholmes, ajudando o companheiro a se levantar e puxando-o –, da próxima vez, Wilson, que receber uma carta minha, certifique-se de que minha letra não foi falsificada.

– Mas, então – disse Wilson, começando a vislumbrar a verdade –, a carta não é sua?

– Infelizmente, não!

– De quem é?

– De Arsène Lupin.

– Mas com que objetivo a escreveu?

– Ah, não faço ideia! E é justamente o que me preocupa. Por que diabos ele se deu ao trabalho de incomodá-lo? Se fosse comigo, eu entenderia, mas foi com você. Pergunto-me qual seu interesse...

– Quero logo voltar ao hotel.

– Eu também, Wilson.

Chegaram ao portão. Wilson, que estava à frente, agarrou uma barra de ferro e puxou.

– Estranho – ele disse –, você o fechou?

– Absolutamente, deixei o batente encostado.

– No entanto...

Herlock puxou por sua vez, depois, sobressaltado, tentou a fechadura. Deixou escapar uma imprecação.

– Porcaria... Está fechado! Fechado à chave!

Ele sacudiu a porta com toda sua força e, entendendo a inutilidade de seus esforços, deixou cair os braços, desanimado, disse numa voz pausada:

– Agora entendo tudo, foi ele: ele previu que eu desceria em Creil e armou uma bela armadilha, caso eu viesse começar minha investigação aqui à noite. Além disso, teve a gentileza de me enviar um companheiro de cativeiro. Tudo isso para me fazer perder um dia e, sem dúvida, também para me provar que eu faria melhor em cuidar de meus próprios assuntos...

– Quer dizer que somos seus prisioneiros.

– É a palavra certa. Herlock Sholmes e Wilson são prisioneiros de Arsène Lupin. A aventura começou bem... Mas não, não é possível...

Uma mão tocou seu ombro, a mão de Wilson.

– Lá em cima... Veja, lá em cima... Uma luz...

De fato, uma das janelas do primeiro andar estava iluminada.

Os dois se precipitaram correndo, cada um por sua escada, e chegaram ao mesmo tempo à entrada do quarto iluminado. No meio do aposento ardia um pedaço de vela. Ao lado, havia uma cesta. Dessa cesta emergiam o gargalo de uma garrafa, as coxas de um frango e a metade de um pão.

Sholmes explodiu numa gargalhada.

– Que maravilha, oferecem-nos uma ceia. É o palácio dos feitiços. Um verdadeiro mundo mágico. Vamos, Wilson, não faça cara de enterro. Tudo isso é muito engraçado.

– Tem certeza de que é muito engraçado? – gemeu Wilson, lúgubre.

– Sim, tenho certeza – exclamou Sholmes, com uma euforia ruidosa demais para ser natural –, quer dizer, nunca vi nada mais engraçado. É comédia de qualidade... Que mestre da ironia esse Arsène Lupin... Ele engana, mas com muita graça... Eu não cederia meu lugar nesse festim nem por todo o ouro do mundo... Wilson, meu velho amigo, você me aflige. Estarei enganado ou você não tem a nobreza de caráter que ajuda a suportar o infortúnio? De que se queixa? Nessa hora, poderia estar com meu punhal na garganta... Ou eu com o seu na minha... Pois era isso que você faria, cruel amigo.

Com humor e sarcasmos, conseguiu reanimar o pobre Wilson e fazê-lo engolir uma coxa de frango e um copo de vinho. Mas quando a vela se apagou e eles precisaram deitar para dormir no chão e aceitar a parede como travesseiro, o lado penoso e ridículo da situação veio à tona. Tiveram um sono triste.

De manhã, Wilson acordou cheio de dores e morrendo de frio. Um leve ruído chamou sua atenção: Herlock Sholmes, de joelhos, dobrado em dois, observava grãos de poeira com sua lupa e encontrava marcas de giz branco, quase apagadas, que formavam números que ele anotava em sua caderneta.

Escoltado por Wilson, que se interessava por esse trabalho de maneira especial, Sholmes estudou cada aposento e, em dois outros, constatou os mesmos sinais de giz. Também notou dois círculos sobre os painéis de carvalho, uma flecha num lambri e quatro números em quatro degraus da escada.

Ao fim de uma hora, Wilson perguntou-lhe:

– Os números estão corretos, não é mesmo?

– Corretos, não sei – respondeu Herlock, a quem tais descobertas haviam devolvido o bom humor –, mas em todo caso significam alguma coisa.

– Uma coisa muito clara – disse Wilson. – Representam o número de lâminas do parquet.

– Ah!

– Sim. Quanto aos dois círculos, indicam que os painéis são falsos, como você pode se certificar, e a flecha aponta para o monta-pratos.

Herlock Sholmes olhou para ele, maravilhado.

– Ora essa! Meu bom amigo, como sabe tudo isso? Sua clarividência me deixa quase envergonhado.

– Oh, muito simples! – disse Wilson, estufando o peito de alegria. – Eu que deixei essas marcas ontem à noite, seguindo suas instruções... Ou melhor, seguindo as instruções de Lupin, pois a carta que o senhor me escreveu é dele.

Wilson talvez tenha, naquele minuto, corrido um perigo mais terrível do que durante o corpo a corpo com Sholmes nos arbustos. Este sentiu uma feroz vontade de estrangulá-lo. Controlando-se, fez uma careta que tentou ser um sorriso e disse:

– Perfeito, perfeito, uma tarefa excelente que nos ajuda muito. Seu admirável espírito de análise e observação se debruçou sobre outras coisas? Tirarei proveito dos resultados obtidos.

– Sinceramente, não, fiquei nisso.

– Pena! Foi um início promissor. Mas já que é assim, podemos ir embora.

– Ir embora! Como?

– Pelo modo habitual que as pessoas honestas utilizam para ir embora: pela porta.

– Ela está fechada.

– Será aberta.

– Por quem?

– Chame os dois policiais que percorrem a avenida.

– Mas...

– Mas o quê?

– É muita humilhação... O que as pessoas dirão quando souberem que você, Herlock Sholmes, e eu, Wilson, fomos prisioneiros de Arsène Lupin?

– O que fazer, meu caro, vão rir a não mais poder – respondeu Herlock, com a voz seca, o rosto contraído. – Mas não podemos fixar residência nesta casa.

– Não vai tentar nada?

– Nada.

– No entanto, o homem que nos trouxe o cesto de comida não atravessou o jardim ao chegar, nem ao partir. Existe outra saída, portanto. Se a encontrarmos não precisaremos recorrer aos agentes.

– Muito bem colocado. Mas você esquece que essa saída é procurada por toda a polícia de Paris há seis meses e que eu, enquanto você dormia, inspecionei a casa de alto a baixo! Ah, meu bom Wilson! Arsène Lupin é uma presa com que não estamos acostumados. Ele não deixa nada para trás...

Às onze horas, Herlock Sholmes e Wilson foram resgatados... e conduzidos ao posto policial mais próximo, onde o comissário, depois de interrogá-los com severidade, soltou-os afetando uma deferência totalmente exasperante.

– Sinto muito pelo que lhes aconteceu, senhores. Vocês terão uma triste opinião da hospitalidade francesa. Meu Deus, que noite devem ter passado! Ah, é realmente muita falta de consideração desse Lupin!

Um coche os levou até o Élysée-Palace. Na recepção, Wilson pediu a chave de seu quarto.

Depois de algumas buscas, o recepcionista respondeu, muito espantado:

– Mas o senhor desocupou o quarto!

– Eu? Como?

– Através da carta que recebemos, entregue por seu amigo.

– Que amigo?

– O senhor que nos entregou sua carta... Veja, um cartão de visita a acompanha. Aqui estão.

Wilson pegou-os. Era de fato um de seus cartões de visita e, na carta, era de fato sua letra.

– Santo Deus – ele murmurou –, mais um golpe baixo.

E acrescentou, ansiosamente:

– E as bagagens?

– Seu amigo as levou.

– Ah! E o senhor deixou?

– Certamente, sua carta nos autorizava a entregá-las.

– Verdade... Verdade...

Os dois saíram sem rumo, pelos Champs-Élysées, calados e vagarosos. Um lindo sol de outono iluminava a avenida. O ar estava fresco e leve.

Na rotatória, Herlock acendeu o cachimbo e continuou a caminhada. Wilson exclamou:

– Não entendo, Sholmes, está calmo demais. Zombam de você, brincam de gato e rato... e você não diz nada!

Sholmes parou e disse:

– Wilson, estava pensando em seu cartão de visita.

– E o que pensou?

– Pensei que estamos diante de um homem que, prevendo um possível confronto, arranjou amostras da sua letra e da minha, e que tinha, prontinho na carteira, um de seus cartões de visita. Percebe o que isso representa a nível de precaução, perspicácia, método e organização?

– O que quer dizer?

– Quero dizer, Wilson, que para combater um inimigo tão formidavelmente armado, tão maravilhosamente preparado, e para vencê-lo, é preciso ser... É preciso ser eu. E mesmo assim, como pode ver, Wilson – ele acrescentou, rindo –, não é de primeira que se triunfa.

Às seis horas, o *Écho de France*, na edição vespertina, publicava uma notícia breve:

> "Esta manhã, o sr. Thénard, comissário de polícia do 16º arrondissement, libertou os senhores Herlock Sholmes e Wilson, presos aos cuidados de Arsène Lupin no palacete do falecido barão d'Hautrec, onde passaram uma excelente noite.
>
> Aliviados de suas bagagens, depositaram uma queixa contra Arsène Lupin.

Arsène Lupin, que dessa vez se contentou em dar-lhes uma pequena lição, suplica-lhes que não o obriguem a medidas mais drásticas."

– Pfff! – disse Herlock Sholmes, amassando o jornal. – Tolices! É a única crítica que faço a Lupin... Infantilidades... Preocupa-se demais com o público... Há um menino nesse homem!

– Então, Herlock, segue calmo como antes?

– Calmo como antes – respondeu Sholmes, num tom de terrível raiva contida. – Para que se irritar? TENHO ABSOLUTA CERTEZA DE QUE A PALAVRA FINAL SERÁ MINHA!

Capítulo 4

Uma luz na escuridão

Por mais aguerrido que seja o caráter de um homem – e Sholmes é desses sobre quem a má sorte não exerce influência –, existem circunstâncias em que mesmo o mais intrépido sente a necessidade de recompor suas forças antes de enfrentar novamente os acasos de uma batalha.

– Hoje me dou umas férias – ele disse.

– E eu?

– Você, Wilson, vai comprar trajes e roupas de baixo para refazer nosso guarda-roupa. Enquanto isso, vou descansar.

– Descanse, Sholmes. Ficarei de olho.

Wilson disse isso com toda a importância de uma sentinela posicionada em posto avançado e exposta aos piores perigos. Seu peito estufou. Seus músculos se retesaram. Com olhar agudo, perscrutou o pequeno quarto de hotel onde estavam hospedados.

– Fique de olho, Wilson. Vou aproveitar para preparar uma ofensiva mais apropriada ao adversário que temos pela frente. Veja bem, Wilson, nos enganamos a respeito de Lupin. Precisamos retomar tudo desde o início.

– Antes até, se possível. Mas temos tempo para isso?

– Nove dias, velho camarada! Cinco a mais do que o necessário.

O inglês passou a tarde inteira fumando e dormindo. Foi apenas no dia seguinte que começou suas operações.

– Wilson, estou pronto, agora vamos avançar.

– Avancemos – exclamou Wilson, cheio de ardor marcial. – Confesso que minhas pernas estão formigando.

Sholmes teve três longas conversas – primeiro com o dr. Detinan, cujo apartamento estudou nos mínimos detalhes; depois com Suzanne Gerbois, a quem havia telegrafado pedindo que viesse a seu encontro e a quem fez perguntas sobre a mulher loira; e por fim com a irmã Auguste, que se retirara para o convento das Visitandinas depois do assassinato do barão d'Hautrec.

A cada visita, Wilson o esperava na rua, e a cada vez perguntava:

– Satisfeito?

– Muito satisfeito.

– Eu sabia, estamos no caminho certo. Avancemos.

Eles avançaram bastante. Visitaram os dois prédios que cercavam o palacete da Avenue Henri Martin, depois foram até a Rue Clapeyron, e enquanto examinava a fachada do número 25, Sholmes continuou:

– É evidente que existem passagens secretas entre todos esses prédios... Mas o que não entendo...

Pela primeira vez, e bem no fundo de si mesmo, Wilson duvidou da onipotência de seu genial colaborador. Por que falava tanto e agia tão pouco?

– Por quê? – exclamou Sholmes, respondendo aos pensamentos íntimos de Wilson. – Porque com esse maldito Lupin atuamos no vazio, ao acaso, e em vez de extrair a verdade de fatos precisos, precisamos tirá-la do próprio cérebro, para em seguida verificar se ela se ajusta aos acontecimentos.

– As passagens secretas, então...?

– Então o quê? Mesmo que eu as descubra, seja aquela que permitiu que Lupin entrasse no apartamento de seu advogado, seja aquela que a mulher loira utilizou depois do assassinato do barão d'Hautrec, terei avançado alguma coisa? Terei armas para atacá-lo?

– Atacar sempre – exclamou Wilson.

Ele não havia terminado essas palavras quando deu um passo para trás, com um grito. Alguma coisa acabava de cair aos pés deles, um saco com areia até a metade, que poderia tê-los ferido gravemente.

Sholmes levantou a cabeça e viu operários trabalhando num andaime preso à sacada do quinto andar.

– Ora essa! Estamos com sorte – ele exclamou. – Um passo a mais e teríamos o saco derrubado por um desses estouvados no crânio. Até parece que...

Ele se interrompeu, correu até o edifício, subiu os cinco andares, apertou a campainha, irrompeu no apartamento, para grande susto do criado, e foi até a sacada. Não havia ninguém.

– E os operários que estavam aqui? – perguntou ao criado.

– Acabaram de sair.

– Por onde.

– Pela escada de serviço.

Sholmes se debruçou na sacada. Viu dois homens saindo do prédio, levando suas bicicletas. Eles montaram e desapareceram.

– Faz tempo que trabalham nesse andaime?

– Aqueles dois? Desde hoje de manhã. São novos.

Sholmes juntou-se a Wilson.

Eles voltaram melancolicamente ao hotel e aquele segundo dia chegou ao fim em meio a um mutismo pesaroso.

No dia seguinte, idêntico programa. Sentaram-se no mesmo banco da Avenue Henri Martin e, para grande desespero de Wilson, que não se divertia nem um pouco, fizeram uma interminável observação dos três imóveis.

– O que espera, Sholmes? Que Lupin saia de um desses prédios?

– Não.

– Que a mulher loira apareça?

– Não.

– Então o quê?

– Que algo aconteça, algum fato insignificante qualquer, que me sirva de ponto de partida.

– E se nada acontecer?

– Nesse caso, algo acontecerá em mim, uma faísca que ateará fogo ao rastilho de meu pensamento.

Um único incidente rompeu a monotonia daquela manhã, de maneira bastante desagradável.

O cavalo de um senhor, que seguia a alameda equestre situada entre as duas pistas da avenida, levou um susto e acabou se chocando contra o banco onde eles estavam sentados, de modo que suas ancas roçaram o ombro de Sholmes.

– Ei, ei! – reclamou este. – Mais um pouco e tenho o ombro quebrado!

O senhor se debatia com o cavalo. O inglês pegou o revólver e mirou. Wilson agarrou seu braço com força.

– Está louco, Herlock! Ora essa... vai matar aquele senhor!

– Solte-me, Wilson... Solte-me.

Uma luta teve início, durante a qual o senhor controlou sua montaria e esporeou.

– Agora pode atirar – exclamou Wilson, triunfante, quando o cavaleiro esteve a certa distância.

– Seu grande imbecil, não entende que era um cúmplice de Arsène Lupin?

Sholmes tremia de raiva. Wilson, constrangido, balbuciou:

– O que está dizendo? Aquele senhor?

– Cúmplice de Lupin, como os operários que atiram o saco sobre nossas cabeças.

– Será possível?

– Possível ou não, havia uma maneira de descobrir.

– Matando aquele senhor?

– Abatendo seu cavalo, só isso. Sem você, eu teria um dos cúmplices de Lupin. Compreende sua tolice?

A tarde foi lúgubre. Eles não se dirigiram a palavra. Às cinco horas, enquanto iam e vinham pela Rue Clapeyron, tomando o cuidado de se manter afastados dos prédios, três jovens operários que cantavam de braços dados esbarraram neles e quiseram seguir caminho sem soltar as mãos. Sholmes, que estava de mau humor, se opôs. Houve um breve enfrentamento. Sholmes se colocou em posição de boxeador, acertou um soco no peito de um, um soco no rosto de outro e derrubou dois dos três jovens que, sem insistir, se afastaram junto com o companheiro.

– Ah! – exclamou. – Como me sinto bem... Estava ficando tenso... Ótimo trabalho...

Mas, percebendo Wilson encostado no muro, disse-lhe:

– Ora! O que houve, velho camarada, está pálido.

O velho camarada mostrou o braço, que pendia inerte, e balbuciou:

– Não sei o que tenho... uma dor no braço.

– Uma dor no braço? Forte?

– Sim... sim... No braço direito...

Apesar de todos os seus esforços, não conseguia mexê-lo. Herlock apalpou-o, primeiro com delicadeza, depois de maneira mais rude, "para ver o grau exato da dor", disse. O grau exato da dor foi tão elevado que, bastante preocupado, entrou numa farmácia vizinha, onde Wilson acabou desmaiando.

O farmacêutico e seus ajudantes acorreram. Constataram que o braço estava quebrado e logo se falou em cirurgião, operação e Casa de Saúde. Enquanto isso, despiram o paciente, que, abalado pelo sofrimento, começou a gritar.

– Vamos... Vamos... Isso mesmo – dizia Sholmes, que se encarregara de segurar o braço. – Um pouco de paciência, meu velho camarada... Em cinco ou seis semanas, não sentirá nada... Mas aqueles cretinos vão me pagar... Principalmente ele... Foi o maldito Lupin que armou mais essa... Ah! Juro que se um dia...

Ele se interrompeu bruscamente, soltou o braço, o que causou a Wilson uma tal ferroada de dor que o coitado desmaiou de novo, e, batendo na própria testa, articulou:

– Wilson, tenho uma ideia... Será que...?

Ele não se mexia, os olhos fixos, e murmurava fragmentos de frases.

– É claro, é isso... Tudo se explicaria... Procuramos longe o que está bem perto... Ah, diabos, eu sabia que bastava refletir... Ah, meu bom Wilson, acho que vai ficar satisfeito!

E, deixando o velho camarada para trás, foi para a rua e correu até o número 25.

Acima e à direita da porta havia uma inscrição, numa das pedras: "Destange, arquiteto, 1875".

No número 23, a mesma inscrição.

Nada mais normal. Mas e na Avenue Henri Martin, o que haveria?

Um coche passava.

– Cocheiro, Avenue Henri Martin, número 134, a galope.

De pé no coche, ele instigava o cavalo e oferecia gorjetas ao cocheiro. Mais rápido...! Mais rápido!

Qual não foi sua angústia na esquina da Rue de la Pompe! Ele teria vislumbrado um fragmento da verdade?

Numa das pedras do palacete, viu as seguintes palavras gravadas: "Destange, arquiteto, 1874".

Nos imóveis vizinhos, a mesma inscrição: "Destange, arquiteto, 1874".

O contragolpe de suas emoções foi tão forte que ele se sentou por alguns minutos no fundo do coche, tremendo de alegria. Finalmente uma luz bruxuleava na escuridão! Na grande floresta escura onde mil veredas se cruzavam, eis que ele recolhia o primeiro indício de uma pista do inimigo!

Numa agência de correio, solicitou uma ligação telefônica para o castelo de Crozon. A condessa atendeu pessoalmente.

– Alô! É a senhora, condessa?

– Sr. Sholmes? Está tudo bem?

– Muito bem, mas tenho pressa. Se puder me dizer... Alô... Uma única coisa...

– Estou ouvindo.

– O castelo de Crozon foi construído em que época?

– Ele pegou fogo há trinta anos, e foi reconstruído.

– Por quem? E em que ano?

– Uma inscrição acima do alpendre diz: "Lucien Destange, arquiteto, 1877".

– Obrigado, senhora, minhas saudações.

E partiu, murmurando:

– Destange... Lucien Destange... Esse nome me soa familiar.

Ao passar por um gabinete de leitura, consultou um dicionário biográfico moderno e copiou o verbete dedicado a "Lucien Destange, nascido em 1840, Grande Prêmio de Roma, oficial da Legião de Honra, autor de obras muito apreciadas sobre arquitetura... etc.".

Dirigiu-se à farmácia e, de lá, à Casa de Saúde para onde Wilson havia sido levado. Em seu leito de tortura, o braço preso numa tala, tiritando de febre, o velho camarada delirava.

– Vitória! Vitória! – exclamou Sholmes. – Encontrei uma ponta do fio.

– De que fio?

– Aquele que me levará ao objetivo! Avançarei em terreno firme, onde encontrarei digitais, indícios...

– Cinzas de cigarro? – perguntou Wilson, reanimado por seu interesse na situação.

– E muitas outras coisas! Pense bem, Wilson, encontrei o laço misterioso entre as diferentes aventuras da mulher loira. Por que as três residências onde ocorreram as três aventuras foram escolhidas por Lupin?

– Sim, por quê?

– Porque as três residências, Wilson, foram construídas pelo mesmo arquiteto. Era fácil de adivinhar, você dirá? Sem dúvida... mas ninguém pensou nisso.

– Ninguém, exceto você.

– Exceto eu. E agora sei que o mesmo arquiteto, combinando plantas análogas, tornou possível a realização de três ações aparentemente miraculosas mas na realidade simples e fáceis.

– Que alegria!

– Já não era sem tempo, velho camarada, eu estava começando a perder a paciência... pois já estamos no quarto dia.

– De dez.

– Ah, a partir de agora...

Ele não parava quieto, invulgarmente exuberante e alegre.

– Quando penso que há pouco, na rua, aqueles canalhas poderiam ter quebrado o meu braço junto com o seu. O que me diz, Wilson?

Wilson se contentou em estremecer diante daquela horrível suposição.

E Sholmes retomou:

– Que isso nos sirva de lição! Veja bem, Wilson, nosso grande erro foi ter enfrentado Lupin abertamente, e nos prestado indulgentemente a seus golpes. Menos mal que só conseguiu atingir você...

– E que me safei apenas com um braço quebrado – gemeu Wilson.

– Ao passo que nós dois poderíamos estar. Mas chega de fanfarronadas. À luz do dia e vigiado, sou vencido. Na sombra e com liberdade de movimentos, a vantagem é minha, quaisquer que sejam as forças do inimigo.

– Ganimard poderia ajudá-lo.

– Nunca! No dia em que me for permitido dizer "Arsène Lupin está aqui, esta é sua toca, e eis como desentocá-lo", chamarei Ganimard num dos dois endereços que ele me passou: seu domicílio, na Rue Pergolèse, ou na taberna suíça, na Place du Châtelet. Até lá, trabalho sozinho.

Ele se aproximou do leito, pousou a mão sobre o ombro de Wilson – o ombro machucado, naturalmente – e disse-lhe com grande afeição:

– Cuide-se, meu velho camarada. Seu papel consiste, agora, em ocupar dois ou três homens de Arsène Lupin, que esperarão à toa que eu venha saber notícias suas, para encontrar meu rastro. É um papel de confiança.

– Um papel de confiança pelo qual agradeço – replicou Wilson, cheio de gratidão. – Farei de tudo para desempenhá-lo conscienciosamente. Mas, pelo que entendi, você não volta mais?

– Para fazer o quê? – perguntou Sholmes friamente.

– Verdade... Verdade... Sinto-me o melhor possível. Então, um último favor, Herlock: poderia me dar algo para beber?

– Para beber?

– Sim, morro de sede, e com essa febre...

– Mas é claro! Imediatamente...

Ele remexeu duas ou três garrafas, viu um pacote de fumo, acendeu o cachimbo e, de repente, como se não tivesse ouvido o pedido do amigo, foi embora enquanto o velho camarada implorava com os olhos por um inacessível copo d'água.

– Sr. Destange!

O criado mediu de alto a baixo o indivíduo a quem acabara de abrir a porta do palacete – o magnífico palacete na esquina da Place Malesherbes com a Rue Montchanin – e, diante da aparência daquele homenzinho de cabelos grisalhos, barba mal feita e cuja sobrecasaca preta, de limpeza duvidosa, combinava com a estranheza de um corpo que a natureza havia singularmente desfavorecido, respondeu com o desdém que convinha:

– O sr. Destange está ou não. Depende. O senhor tem um cartão de visita?

O senhor não tinha, mas tinha uma carta de apresentação, e o criado precisou levar essa carta ao sr. Destange, que ordenou que o recém-chegado fosse levado à sua presença.

Ele foi introduzido na imensa rotunda de uma das alas do palacete, com paredes cobertas de livros, e o arquiteto lhe disse:

– É o sr. Stickmann?

– Sim, senhor.

– Meu secretário me informou que está doente e que o enviou para continuar o catálogo geral de livros que começou sob minha direção, e mais especialmente o catálogo de livros alemães. Está acostumado a esse tipo de trabalho?

– Sim, senhor, muito acostumado – respondeu o sr. Stickmann num forte sotaque tedesco.

Nessas condições, eles logo entraram em acordo e o sr. Destange, sem demora, se pôs ao trabalho com seu novo secretário.

Herlock Sholmes estava no local.

Para escapar à vigilância de Lupin e para entrar no palacete onde Lucien Destange morava com a filha Clotilde, o ilustre detetive precisara mergulhar no desconhecido, acumular estratagemas, obter, sob os nomes mais variados, as boas graças e as confidências de um grande número de pessoas, ou seja, viver por 48 horas uma vida bastante complicada.

Ele conseguira as seguintes informações: o sr. Destange, de saúde frágil e desejoso de descanso, se retirara dos negócios e vivia entre as coleções que reunira sobre livros de arquitetura. Nenhum prazer o interessava afora o espetáculo e o manejo de velhos volumes empoeirados.

Quanto à sua filha Clotilde, era tida por original. Sempre encerrada, como o pai, mas em outra parte do palacete, nunca saía.

"Nada disso é decisivo", ele pensava consigo mesmo, escrevendo num registro os títulos dos livros que o sr. Destange lhe ditava, "mas que passo importante! É provável que eu descubra a solução de um desses problemas apaixonantes: o sr. Destange está associado a Arsène Lupin? Continua a vê-lo? Existem papéis relativos à construção dos três imóveis? Esses papéis me fornecerão o endereço de outros imóveis, igualmente manipulados, que Lupin teria reservado para si e seu bando?"

O sr. Destange, cúmplice de Arsène Lupin! Aquele homem venerável, oficial da Legião de Honra, trabalhando ao lado de um assaltante – a hipótese era inadmissível. Além disso, admitindo a cumplicidade, como o sr. Destange teria previsto, trinta anos antes, as fugas de Arsène Lupin, então de fraldas?

Pouco importa! O inglês se obstinava. Com seu faro prodigioso, com o instinto que lhe é particular, ele sentia um mistério rondando a seu redor. Um mistério que se deixava adivinhar em pequenas coisas que ele não saberia especificar, mas cuja existência pressentia desde que entrara na casa.

Na manhã do segundo dia ainda não fizera nenhuma descoberta interessante. Às duas horas, viu pela primeira vez Clotilde Destange, que viera buscar um livro na biblioteca. Era uma mulher na casa dos trinta anos, morena, de gestos lentos e silenciosos, com um rosto que guardava a expressão indiferente dos que vivem muito dentro de si mesmos. Ela trocou algumas palavras com o sr. Destange e se retirou sem nem mesmo olhar para Sholmes.

A tarde se arrastou, monótona. Às cinco horas, o sr. Destange anunciou que saía. Sholmes ficou sozinho na galeria circular no mezanino da rotunda. O dia caía. Ele se preparava para sair por sua vez quando um rangido se fez ouvir e, ao mesmo tempo, ele teve a impressão de que havia alguém na peça. Longos minutos se passaram. De repente, ele estremeceu: uma sombra emergia da penumbra, bem perto dele, na sacada. Seria possível? Há quanto tempo aquele personagem invisível lhe fazia companhia? E de onde vinha?

O homem desceu os degraus e se dirigiu a um grande armário de carvalho. Dissimulado pelos panos que pendiam na balaustrada da galeria, de joelhos, Sholmes viu o homem vasculhando os papéis que enchiam o armário. O que buscava?

Eis que de repente a porta se abriu e a srta. Destange entrou energicamente, dizendo a alguém que a seguia:

– Então decidiu não sair, pai...? Nesse caso, vou acender a luz... Um segundo... Não se mexa...

O homem fechou as portas do armário e se escondeu no vão de uma grande janela cujas cortinas puxou sobre si. Como a srta. Destange não o viu? Como não o ouviu? Com toda calma, ela apertou o interruptor e abriu caminho ao pai. Eles se sentaram lado a lado. Ela pegou o volume que havia trazido e começou a ler.

– Seu secretário não está mais aqui? – ela perguntou, após um momento.

– Não... Como pode ver...

– Continua satisfeito com ele? – ela retomou, como se ignorasse a doença do verdadeiro secretário e sua substituição por Stickmann.

– Continuo... Continuo...

A cabeça do sr. Destange balançava de um lado para outro. Ele adormeceu.

Algum tempo passou. A jovem lia. Mas uma das cortinas da janela foi afastada e o homem deslizou pela parede, na direção da porta, movimento que o fazia passar por trás do sr. Destange, mas de frente para Clotilde, de modo que Sholmes pôde vê-lo com clareza. Era Arsène Lupin.

O inglês estremeceu de alegria. Seus cálculos estavam corretos, ele penetrara no âmago do misterioso caso, e Lupin estava no lugar previsto.

Clotilde não se mexia, embora fosse inadmissível que um único gesto daquele homem lhe escapasse. E Lupin quase tocava a porta, já estendia o braço para a maçaneta, quando um objeto caiu de uma mesa, empurrado por sua roupa. O sr. Destange acordou num sobressalto. Arsène Lupin já estava à sua frente, com o chapéu na mão, sorrindo.

– Maxime Bermond – exclamou o sr. Destange com alegria. – Querido Maxime! Que bons ventos o trazem?

– O desejo de vê-lo, bem como a srta. Destange.

– Então voltou de viagem?

– Ontem.

– E fica para jantar?

– Não, janto num restaurante, com amigos.

– Amanhã, então? Clotilde, insista para que ele venha amanhã. Ah, o querido Maxime... Estava justamente pensando em você nos últimos dias.

– Verdade?

– Sim, estava arrumando meus papéis antigos, nesse armário, e encontrei nossa última fatura.

– Que fatura?

– A da Avenue Henri Martin.

– Como! Então guardas essas papeladas? Para quê?

Os três se instalaram num pequeno salão contíguo à rotunda.

"Será Lupin?", pensou Sholmes, tomado por uma súbita dúvida.

Sim, com toda certeza era ele, mas também era outro homem, que se parecia com Arsène Lupin em alguns aspectos, mas que guardava sua individualidade distinta, suas características pessoais, seu olhar, sua cor dos cabelos...

De terno, gravata branca, camisa macia delineando seu torso, ele falava alegremente, contando histórias que faziam o sr. Destange rir com vontade e despertavam um sorriso nos lábios de Clotilde. E cada um desses sorrisos parecia uma recompensa que Arsène Lupin buscava e se regozijava de conquistar. Ele intensificava sua espirituosidade e júbilo, e, imperceptivelmente, diante do som daquela voz alegre e clara, o rosto de Clotilde se animava e perdia a expressão de frieza que o tornava pouco simpático.

"Eles se amam", pensou Sholmes, "mas que diabos pode haver em comum entre Clotilde Destange e Maxime Bermond? Ela sabe que Maxime não é outro senão Arsène Lupin?"

Até as sete horas, ele ouviu tudo ansiosamente, tirando proveito de todas as palavras. Depois, com infinitas precauções, desceu e atravessou o lado da sala onde não corria o risco de ser visto do pequeno salão.

Na rua, Sholmes certificou-se de que não havia nem automóvel nem fiacre esperando e afastou-se mancando pelo Boulevard Malesherbes. Numa rua adjacente, pôs nas costas o sobretudo que levava no braço, deformou o chapéu, empertigou-se e, assim metamorfoseado, voltou à praça, onde esperou com os olhos fixos na porta do palacete Destange.

Arsène Lupin saiu quase na mesma hora e, pelas ruas Constantinople e Londres, se dirigiu ao centro de Paris. Herlock caminhava cem passos atrás dele.

Minutos deliciosos para o inglês! Ele aspirava o ar com avidez, como um bom cão que fareja uma pista recente. Era-lhe infinitamente agradável seguir seu adversário. Não era mais ele o vigiado, mas Arsène Lupin, o invisível Arsène Lupin. Ele o mantinha, por assim dizer, na ponta de seu olhar, como se o prendesse por laços impossíveis de romper. E se deleitava em observar, entre os passantes, aquela presa que lhe pertencia.

Mas um fenômeno estranho não tardou a chamar sua atenção na distância que o separava de Arsène Lupin. Outras pessoas seguiam na mesma direção, especialmente dois homenzarrões de chapéu-coco na calçada da esquerda, dois outros na calçada da direita, de boné e cigarro nos lábios.

Talvez fosse apenas um acaso. Mas Sholmes se espantou quando Lupin entrou numa tabacaria e os quatro homens pararam – e mais ainda quando eles partiram junto com ele, isoladamente, cada um seguindo a Chaussée d'Antin sozinho.

"Maldição", pensou Sholmes, "está sendo seguido!"

A ideia de que outros estivessem no rastro de Arsène Lupin, que outros lhe roubassem, não a glória – que pouco o preocupava –, mas o prazer imenso, a ardente volúpia de vencer sozinho o mais temível inimigo que ele jamais encontrara, essa ideia o exasperava. Contudo, não podia haver erro, os homens tinham o ar indiferente, natural demais, daqueles que, regulando seus passos pelos passos de outra pessoa, não querem ser notados.

"Ganimard sabe mais do que diz saber?", murmurou Sholmes. "Estará brincando comigo?"

Teve vontade de abordar um dos quatro indivíduos, a fim de descobrir tudo. Mas com a proximidade do bulevar a multidão se tornava mais densa e ele temeu perder Lupin de vista e apertou o passo. Chegou ao bulevar no momento em que Lupin subia os degraus do restaurante húngaro, na esquina da Rue Helder. A porta estava aberta, de maneira que Sholmes, sentado num banco do bulevar, do outro lado da rua, viu-o sentando-se a uma mesa posta luxuosamente, ornada com flores, onde havia três senhores de terno e duas senhoras de grande elegância, que o receberam com demonstrações de simpatia.

Herlock procurou os quatro indivíduos e encontrou-os espalhados entre os grupos que ouviam a orquestra de ciganos de um café vizinho. Coisa curiosa, eles não pareciam se ocupar de Arsène Lupin, mas das pessoas que os cercavam.

De repente, um deles tirou um cigarro do bolso e abordou um senhor de sobrecasaca e cartola. O senhor ofereceu seu charuto e Sholmes teve a impressão de que conversavam por mais tempo do que seria necessário para acender um cigarro. Por fim, o senhor subiu os degraus do alpendre e olhou para dentro do restaurante. Avistando Lupin, avançou até ele, conversou alguns minutos, depois escolheu uma mesa vizinha, e

Sholmes constatou que esse senhor não era ninguém menos que o cavaleiro da Avenue Henri Martin.

Então ele entendeu. Não apenas Arsène Lupin não estava sendo seguido como aqueles homens faziam parte de seu bando! Aqueles homens zelavam por sua segurança!

Eram seus guarda-costas, seus satélites, sua escolta atenta. Onde quer que o patrão corresse perigo, os cúmplices estavam lá, prontos a avisá-lo, prontos a defendê-lo. Cúmplices os quatro indivíduos! Cúmplice o senhor de sobrecasaca!

O inglês teve um calafrio. Será que algum dia conseguiria capturar aquela criatura inacessível? Que força ilimitada representava aquela associação, dirigida por um chefe como aquele!

Ele arrancou uma folha de seu caderno, escreveu a lápis algumas linhas que inseriu num envelope, e disse a um garoto de quinze anos que se deitara no banco:

– Garoto, pegue um coche e leve esta carta à taberna suíça, na Place du Châtelet. E seja rápido...

Entregou-lhe uma moeda de cinco francos. O garoto desapareceu.

Meia hora se passou. A multidão havia crescido e Sholmes só conseguia avistar os acólitos de Lupin de tempos em tempos. Mas alguém o tocou e uma voz lhe disse ao ouvido:

– Vejam só! O que houve, sr. Sholmes?

– É o senhor, Ganimard?

– Sim, recebi sua mensagem na taberna. O que houve?

– Ele está aqui.

– Do que está falando?

– Ali... Nos fundos do restaurante... Incline-se para a direita... Consegue vê-lo?

– Não.

– Servindo champanhe à senhora a seu lado.

– Mas não é ele.

– É sim.

– Pois eu digo que... No entanto... De fato, poderia ser que... Ah, o velhaco! Como é parecido! – murmurou Ganimard, ingenuamente. – E os outros são cúmplices?

– Não, a seu lado está Lady Cliveden, a outra é a duquesa de Cleath e, à sua frente, o embaixador da Espanha em Londres.

Ganimard deu um passo à frente. Herlock o segurou.

– Que imprudência! O senhor está sozinho.

– Ele também.

– Não, seus homens estão no bulevar, de guarda... Sem contar, dentro do restaurante, aquele senhor...

– Mas quando eu agarrar Arsène Lupin pelo colarinho, gritando seu nome, terei o restaurante inteiro a meu favor, todos os garçons.

– Prefiro alguns agentes.

– Os amigos de Arsène Lupin abririam o olho... Entenda, sr. Sholmes, que não temos escolha.

Ele tinha razão, Sholmes percebia. Melhor tentar a sorte e tirar proveito das circunstâncias excepcionais. Ele apenas recomendou a Ganimard:

– Trate de ser reconhecido o mais tarde possível...

E foi para trás de um quiosque de jornais, sem perder de vista Arsène Lupin, que, dentro do restaurante, inclinado sobre sua vizinha, sorria.

O inspetor atravessou a rua, mãos nos bolsos, como um homem que segue seu caminho. Assim que chegou à calçada oposta, desviou-se subitamente e subiu os degraus do restaurante num pulo.

Um apito estridente... Ganimard deu um encontrão no maître, que subitamente bloqueou a porta e o expulsou com indignação, como teria feito com um intruso cuja aparência equívoca desonrasse o luxo do restaurante. Ganimard vacilou.

No mesmo instante, o senhor de sobrecasaca saiu. Ele tomou o partido do inspetor e ambos, o maître e ele, discutiram violentamente, ambos agarrados a Ganimard, aliás, um empurrando inspetor, outro o puxando, de tal maneira que, apesar de todos os seus esforços, apesar de seus protestos furiosos, o infeliz foi expulso até o pé da escada.

Uma aglomeração se formou. Dois policiais, atraídos pelo barulho, tentaram abrir caminho na multidão, mas uma resistência incompreensível imobilizou-os sem que conseguissem se libertar dos ombros que os espremiam, das costas que barravam a passagem...

E de repente, como por encantamento, o caminho estava livre! O maître, compreendendo seu erro, desfez-se em desculpas, o senhor de sobrecasaca desistiu de defender o inspetor, a multidão se afastou, os policiais passaram, Ganimard correu até a mesa dos seis comensais... restavam apenas cinco. Ele olhou em volta... a única saída era pela porta.

– Onde está o homem que estava aqui? — ele gritou aos cinco comensais estupefatos. – Sim, vocês eram seis... onde está o sexto?

– O sr. Destro?

– Claro que não, Arsène Lupin!

Um garçom se aproximou:

– Esse senhor acaba de subir ao mezanino.

Ganimard se precipitou. O mezanino era formado por salas particulares e tinha uma saída especial para o bulevar!

– Quero ver encontrá-lo – lamentou-se Ganimard –, já está longe!

Ele não estava muito longe, no máximo a duzentos metros de todos, no ônibus Madeleine-Bastille, que avançava tranquilamente segundo o trote de seus três cavalos, atravessava a Place de l'Opéra e seguia pelo Boulevard des Capucines. Na plataforma, dois homenzarrões de chapéu-coco conversavam. Na parte de cima, no alto da escada, dormitava um velhote: Herlock Sholmes.

Com a cabeça girando, embalado pelo movimento do veículo, o inglês monologava:

"Se meu bravo Wilson me visse, como ficaria orgulhoso de seu colaborador...! Ah...! Foi fácil prever, pelo apito, que tudo estava perdido e que não havia nada melhor a fazer do que vigiar os arredores do restaurante. Na verdade, a vida não é desinteressante ao lado desse maldito sujeito!"

Na parada final, Herlock se debruçou, viu Arsène Lupin passando na frente de seus guarda-costas e ouviu-o murmurar: "Para a Étoile".

"Para a Étoile, perfeito, encontro marcado. Estarei lá. Deixemos que fuja nesse fiacre motorizado, sigamos de coche os dois brutamontes."

Os dois brutamontes foram a pé até a Étoile e bateram à porta de uma casa estreita, no número 40 da Rue Chalgrin. No cotovelo formado por essa ruazinha pouco frequentada, Sholmes pôde se esconder na sombra de um recuo.

Uma das duas janelas do térreo se abriu, um homem de chapéu-coco fechou as venezianas. Acima das venezianas, a abertura basculante se iluminou.

Ao cabo de dez minutos, um senhor veio bater a essa mesma porta e, quase imediatamente depois, outro indivíduo. Por fim, um fiacre motorizado parou e Sholmes viu duas pessoas descerem: Arsène Lupin e uma mulher envolta num casaco e usando um véu espesso no chapéu.

"A mulher loira, sem dúvida nenhuma", pensou Sholmes, enquanto o fiacre se afastava.

Ele deixou passar um instante, aproximou-se da casa, subiu no parapeito da janela e, na ponta dos pés, conseguiu, pela abertura basculante, olhar para dentro do aposento.

Arsène Lupin, recostado na chaminé, falava com animação. Em pé a seu redor, os outros ouviam com atenção. Entre eles, Sholmes reconheceu o senhor da sobrecasaca e pensou reconhecer o maître do restaurante. A mulher loira, por sua vez, estava de costas, sentada numa poltrona.

"Reúnem-se para deliberar", pensou, "os acontecimentos da noite os preocuparam e eles sentiram a necessidade de deliberar. Ah, prender todos ao mesmo tempo, de uma só vez...!"

Quando um dos cúmplices se moveu, ele pulou para o chão e se escondeu na sombra. O senhor de sobrecasaca e o maître saíram da casa. Imediatamente, o primeiro andar se iluminou, alguém fechou as venezianas das janelas. E os dois andares ficaram no escuro.

"A mulher e Lupin ficaram no térreo", pensou Herlock. "Os dois cúmplices moram no primeiro andar."

Ele esperou parte da noite sem sair do lugar, temendo que Arsène Lupin fosse embora durante sua ausência. Às quatro horas, avistando dois agentes de polícia na ponta da rua, foi até eles, explicou a situação e confiou-lhes a vigilância da casa.

Então foi até a residência de Ganimard, na Rue Pergolèse, e mandou acordá-lo.

– Ainda o tenho.

– Arsène Lupin?

– Sim.

– Se o tem como há pouco, melhor voltar para a cama. Enfim, passemos no comissariado.

Eles foram até a Rue Mesnil e, de lá, à residência do comissário, sr. Decointre. Depois, acompanhados por meia dúzia de homens, voltaram à Rue Chalgrin.

– Novidades? – Sholmes perguntou aos dois agentes de guarda.

– Nada.

O dia começava a clarear quando, tomadas as providências necessárias, o comissário tocou a campainha e se dirigiu à cabine da zeladora. Assustada com aquela invasão, toda trêmula, a mulher respondeu que não havia locatários no térreo.

– Como assim, não há locatário! – exclamou Ganimard.

– Não há. Os do primeiro andar, os Leroux, mobiliaram o térreo para parentes do interior...

– Um senhor e uma senhora?

– Sim.

– Que chegaram ontem à noite com eles?

– Pode ser... Eu estava dormindo... Mas acho que não, aqui está a chave... Eles não a pediram...

Com essa chave o comissário abriu a porta que ficava do outro lado do vestíbulo. O térreo tinha apenas dois aposentos: estavam vazios.

– Impossível! – proferiu Sholmes. – Eu os vi, ela e ele.

O comissário riu:

– Não tenho dúvida, mas eles não estão mais aqui.

– Subamos ao primeiro andar. Devem estar lá.

– O primeiro andar é ocupado pelos Leroux.

– Interrogaremos os Leroux.

Todos subiram a escada, e o comissário tocou a campainha. Ao segundo toque, um homem, que não era ninguém menos que um dos guarda-costas, apareceu em mangas de camisa e com ar furioso.

– O que está acontecendo? Que barulheira... Desde quando se acordam as pessoas...

Mas parou, confuso:

– Deus me perdoe... Estarei sonhando? É o sr. Decointre! E o sr. Ganimard também? O que posso fazer pelos senhores?

Uma formidável gargalhada ecoou. Ganimard se engasgava, numa crise de riso que o dobrava em dois e deixava seu rosto vermelho.

– É você, Leroux – ele gaguejava. – Ah, que engraçado...! Leroux, cúmplice de Arsène Lupin... Ah, vou morrer de rir... E seu irmão, Leroux, está em casa?

– Edmond, pode vir? O sr. Ganimard veio nos visitar...

Outro indivíduo apareceu e redobrou o bom humor de Ganimard.

– Mas será possível! Nunca pensamos! Ah, meus amigos, vocês estão em maus lençóis... Quem teria imaginado! Ainda bem que o velho Ganimard está atento e, principalmente, que tem amigos para ajudá-lo... Amigos que vêm de longe!

E, voltando-se para Sholmes, apresentou:

– Victor Leroux, inspetor da Segurança Pública, um dos bons entre os melhores da brigada de ferro... Edmond Leroux, chefe do serviço antropométrico...

Capítulo 5

Um sequestro

Herlock Sholmes não pestanejou. Protestar? Acusar os dois homens? Seria inútil. Sem as provas de que não dispunha e que não queria perder tempo procurando, ninguém acreditaria nele.

Todo crispado, os punhos fechados, ele só pensava em não demonstrar, na frente do triunfante Ganimard, sua raiva e sua decepção. Cumprimentou respeitosamente os irmãos Leroux, baluartes da sociedade, e se retirou.

No vestíbulo, desviou para passar na frente de uma porta baixa que indicava a entrada da adega e juntou uma pedrinha vermelha: era uma granada.

Na rua, voltando-se, leu perto do número 40 do prédio a seguinte inscrição: "Lucien Destange, arquiteto, 1877".

Mesma inscrição no número 42.

"Sempre uma saída alternativa", ele pensou. "O 40 e o 42 se comunicam. Como não pensei nisso antes? Deveria ter ficado aqui com os dois agentes."

Ele perguntou aos dois homens:

– Duas pessoas saíram daquela porta durante minha ausência, não é mesmo?

E apontou para a porta do imóvel vizinho.

– Sim, um homem e uma mulher.

Ele pegou o braço do inspetor-chefe e, puxando-o, disse:

– Ganimard, o senhor riu o suficiente para que precise me culpar pelo pequeno incômodo que lhe causei...

– Oh, não o culpo de nada.

– Não? Mas até as melhores piadas precisam acabar, e sou da opinião de que esta chegou ao fim.

– Concordo.

– Estamos no sétimo dia. Em três dias, é indispensável que eu esteja em Londres.

– Ora, ora!

– Estarei, senhor, e peço-lhe que esteja a postos na noite de terça para quarta-feira.

– Para uma expedição do mesmo tipo? – perguntou Ganimard, zombeteiro.

– Sim, senhor, do mesmo tipo.

– E que levará?

– À captura de Lupin.

– Acredita mesmo?

– Juro por minha honra, senhor.

Sholmes despediu-se e foi descansar um pouco no hotel mais próximo; mais tarde, revigorado, confiante em si mesmo, voltou à Rue Chalgrin, deixou dois luíses na mão da zeladora, certificou-se de que os irmãos Leroux estavam ausentes, descobriu que o prédio pertencia a um certo sr. Harmingeat e, munido de uma vela, desceu à adega pela portinha junto à qual encontrara a granada.

No pé da escada, encontrou outra forma idêntica.

"Eu não estava enganado", ele pensou, "é por aqui a comunicação... Vejamos, minha chave-mestra abrirá a adega reservada ao locatário do térreo? Sim... Perfeito... Examinemos as prateleiras de vinho. Ah! Há lugares sem poeira... E, no chão, pegadas...”

Um leve ruído o fez ficar de ouvidos em pé. Fechou a porta rapidamente, apagou a vela e se escondeu atrás de uma pilha de caixas vazias. Em poucos segundos, viu uma das prateleiras de ferro girar vagarosamente, levando consigo todo o pedaço de parede ao qual estava presa. A luz de uma lanterna surgiu. Um braço apareceu. Um homem entrou.

Estava curvado, como se procurasse alguma coisa. Com a ponta dos dedos, mexia na poeira, e várias vezes se levantou e atirou alguma coisa numa caixa de papelão que segurava com a mão esquerda. Depois, apagou suas pegadas, as impressões digitais deixadas por Lupin e pela mulher loira, e se aproximou da prateleira.

Soltou um grito rouco e desabou. Sholmes se atirara sobre ele. Em menos de um minuto e, da maneira mais simples do mundo, o homem se viu estendido no chão, calcanhares e punhos amarrados.

O inglês se inclinou sobre ele.

– Quanto quer para falar? Para dizer o que sabe?

O homem respondeu com um sorriso tão zombeteiro que Sholmes entendeu a inutilidade de sua pergunta.

Contentou-se em explorar os bolsos de seu prisioneiro, mas suas buscas só lhe valeram um molho de chaves, um lenço e a caixinha de papelão que o sujeito havia utilizado e que continha uma dúzia de granadas iguais às que Sholmes havia encontrado. Magro butim!

Ademais, o que fazer com aquele homem? Esperar que seus amigos viessem a seu socorro e entregar todos à polícia? Para quê? Que vantagem obteria sobre Lupin?

Ele hesitava, até que o exame da caixinha o decidiu. Ela continha um endereço: “Léonard, joalheiro, Rue de la Paix”.

Resolveu simplesmente abandonar o homem ali. Empurrou a prateleira, fechou a adega e saiu do prédio. De uma agência de correio, avisou o sr. Destange, por telegrama, que só poderia vê-lo no dia seguinte. Depois foi até o joalheiro, ao qual devolveu as granadas.

– A senhora me enviou por causa das pedras. Elas se soltaram de uma joia que comprou aqui.

Sholmes acertava em cheio. O vendedor respondeu:

– De fato... A senhora me telefonou. Virá pessoalmente, logo mais.

Foi somente às cinco horas que Sholmes, parado na calçada, avistou uma senhora protegida por um véu espesso e de silhueta suspeita. Pelo vidro, viu que depositava sobre o balcão uma joia antiga ornada com granadas.

Ela foi embora logo depois, fez compras a pé, subiu na direção de Clichy e passou por ruas que o inglês não conhecia. Ao cair da noite, ele entrava atrás dela, sem que a zeladora percebesse, num prédio de cinco andares, com dois blocos e, consequentemente, inúmeros locatários. No segundo andar, ela parou e entrou. Dois minutos depois, o inglês tentava a sorte e, uma depois da outra, experimentava com precaução as chaves do molho que encontrara. A quarta abriu a fechadura.

Na penumbra que enchia o ambiente, percebeu aposentos absolutamente vazios, como de um apartamento desabitado, com todas as portas abertas. Ao fim de um corredor, porém, a luz de uma lamparina se insinuava e, aproximando-se na ponta dos pés, viu, postando-se atrás do espelho unidirecional que separava a sala de um quarto contíguo, a mulher com véu tirar o casaco e o chapéu, colocá-los na única cadeira do quarto e vestir um penhoar de veludo.

Também a viu se aproximar da lareira e apertar o botão de uma campainha elétrica. A metade do painel que ficava à direita da lareira se moveu, deslizou pela parede e entrou no painel a seu lado.

Assim que a abertura ficou larga o suficiente, a mulher entrou... e desapareceu, levando a lamparina.

O sistema era simples. Sholmes utilizou-o.

Caminhou na escuridão, tateando, mas seu rosto logo se chocou com coisas moles. Com a chama de um fósforo, constatou que estava num pequeno cubículo cheio de vestidos e roupas penduradas em varões. Abriu passagem e parou na frente de uma porta fechada por uma tapeçaria, ou pelo avesso de uma tapeçaria. Consumido seu fósforo, percebeu a luz que passava pela trama solta e gasta do velho tecido.

Então espiou.

A mulher loira estava ali, diante de seus olhos, ao alcance da mão.

Ela apagou a lamparina e acendeu a eletricidade. Pela primeira vez, Sholmes pôde ver seu rosto em plena luz. Estremeceu. A mulher que acabara alcançando depois de tantos desvios e manobras não era outra senão Clotilde Destange.

Clotilde Destange, a assassina do barão d'Hautrec e a ladra do diamante! Clotilde Destange, a misteriosa amiga de Arsène Lupin!

A mulher loira, enfim!

"Mas é claro", pensou, "que grande estupidez a minha. Como a amiga de Lupin é loira e Clotilde é morena, não pensei em relacionar uma mulher à outra! Como se a mulher loira pudesse continuar loira depois do assassinato do barão e do roubo do diamante!"

Sholmes enxergava uma parte do aposento, elegante toucador feminino, decorada com cortinas claras e bibelôs preciosos. Um divã de mogno se estendia num desnível do assoalho. Clotilde estava sentada nele e mantinha-se imóvel, a cabeça entre as mãos. Ao cabo de um instante, ele percebeu que ela chorava. Lágrimas abundantes escorriam por suas bochechas pálidas, chegavam à boca e caíam gota por gota no veludo de seu penhoar. E outras lágrimas as seguiam indefinidamente, como se brotassem de uma fonte inesgotável. Era o espetáculo mais triste aquele desespero taciturno e resignado que se expressava na lenta torrente de lágrimas.

Uma porta se abriu atrás dela. Arsène Lupin entrou.

Eles se encararam por um bom tempo, sem dizer palavra, depois ele se ajoelhou a seu lado, apoiou a cabeça em seu peito e a abraçou, e havia no gesto com que enlaçava a jovem uma ternura profunda e grande piedade. Eles não se mexiam. Um doce silêncio os unia, e as lágrimas escorriam com menos abundância.

– Gostaria tanto fazê-la feliz! – ele murmurou.

– Eu sou feliz.

– Não, pois está chorando... suas lágrimas me entristecem, Clotilde.

Apesar de tudo, ela se deixava levar pelo som daquela voz carinhosa e ouvia, ávida de esperança e felicidade. Um sorriso amoleceu seu rosto, mas um sorriso ainda tão triste! Ele suplicou:

– Não fique triste, Clotilde, não deve ficar. Não tem o direito de ficar.

Ela lhe mostrou as mãos brancas, delicadas e macias, e disse gravemente:

– Enquanto essas mãos forem minhas, ficarei triste, Maxime.

– Mas por quê?

– Elas mataram.

Maxime exclamou:

– Cale-se! Não pense nisso... O passado está morto, o passado não conta.

Ele beijava suas longas mãos pálidas e ela olhava para ele com um sorriso mais claro, como se cada beijo apagasse um pouco da horrível lembrança.

– Você precisa me amar, Maxime, porque nenhuma mulher o amará como eu. Para agradá-lo, agi, ajo ainda, não segundo suas ordens, mas segundo seus desejos secretos. Cometi atos contra as quais todos os meus instintos e toda minha consciência se revoltam, mas não posso resistir... Tudo o que faço, faço mecanicamente, porque é útil a você e porque você quer... Estou pronta a recomeçar amanhã... e sempre.

Ele diz com amargura:

– Ah, Clotilde! Por que envolvi você em minha vida imprevisível? Eu deveria ter permanecido o Maxime Bermond que você amou, há cinco anos, e não fazê-la conhecer... o outro homem que sou.

Ela disse bem baixinho:

– Também amo esse outro homem, e não me arrependo de nada.

– Sim, você sente falta de sua vida passada, à luz do dia.

– Não sinto falta de nada quando você está aqui! – ela disse apaixonadamente. – Não há mais erro, não há mais crime quando meus olhos o veem. Que importa ser infeliz longe de você, e sofrer, chorar, ter horror a tudo o que faço... Seu amor apaga tudo... Aceito tudo... Mas você precisa me amar!

– Não a amo porque devo, Clotilde, mas pela simples razão de que a amo.

– Tem certeza? – ela perguntou, confiante.

– Tenho certeza por mim e por você. Mas minha vida é violenta e febril, e nem sempre posso dedicar-lhe o tempo que gostaria.

Ela se perturbou na mesma hora.

– O que houve? Um novo perigo? Fale logo.

– Oh, nada de grave ainda. Contudo...

– Contudo?

– Bom, ele está no nosso encalço.

– Sholmes?

– Sim. Lançou Ganimard no caso do restaurante húngaro. Posicionou, esta noite, dois agentes da Rue Chalgrin. Tenho a prova. Ganimard vasculhou a casa hoje de manhã, e Sholmes o acompanhava. Além disso...

– Além disso?

– Há outra coisa: falta-nos um de nossos homens, Jeanniot.

– O zelador?

– Sim.

– Mas eu o enviei esta manhã à Rue Chalgrin, para recolher as granadas que haviam caído de meu broche.

– Não resta a menor dúvida de que Sholmes o pegou numa armadilha.

– Não pode ser. As granadas foram levadas ao joalheiro da Rue de la Paix.

– Então para onde ele foi, depois disso?

– Ah, Maxime, estou com medo.

– Não há motivo para medo. Confesso que a situação é muito grave. O que ele sabe? Onde se esconde? Sua força reside em seu isolamento. Nada pode traí-lo.

– O que decidiu fazer?

– Agir com extrema prudência, Clotilde. Faz tempo que estou decidido a mudar de instalações e levá-la para lá, para o refúgio inviolável que você conhece. A intervenção de Sholmes precipita as coisas. Quando um homem como ele está numa pista, devemos saber que fatalmente chegará ao fim dela. Portanto, preparei tudo. Depois de amanhã, quarta-feira, a mudança acontecerá. Ao meio-dia, estará concluída. Às duas horas, eu mesmo poderei deixar o local, depois de retirar os últimos vestígios de nossas instalações, o que não constitui pouca coisa. Até lá...

– Até lá?

– Não devemos nos ver e ninguém deve vê-la, Clotilde. Não saia. Não temo nada por mim. Temo tudo assim que se trata de você.

– É impossível que esse inglês chegue até mim.

– Tudo é possível com ele, e estou receoso. Ontem, quando quase fui surpreendido por seu pai, estava vasculhando o armário que contém os antigos registros do sr. Destange. Há perigo ali. Há perigo em toda parte. Pressinto o inimigo rondando na sombra e se aproximando cada vez mais. Sinto que ele nos vigia... que arma sua rede a nosso redor. É uma dessas intuições que nunca se enganam.

– Nesse caso – ela disse –, vá, Maxime, e não pense mais em minhas lágrimas. Serei forte e esperarei que o perigo seja afastado. Adeus, Maxime.

Ela o beijou longamente. E foi ela que o empurrou para fora. Sholmes ouviu o som de suas vozes se afastando.

Com ousadia, superexcitado pela mesma necessidade de agir contra tudo e contra todos que o estimulava desde a véspera, entrou numa antecâmara que levava a uma escada. Quando começava a descer, contudo, ouviu o ruído de uma conversa no andar inferior e julgou preferível seguir um corredor circular que o conduziu a outra escada. Ao pé dessa escada ele ficou muito surpreso de ver móveis cuja forma e disposição já conhecia. Uma porta estava entreaberta. Entrou numa grande sala redonda. Era a biblioteca do sr. Destange.

"Perfeito! Admirável!", ele murmurou. "Agora entendo tudo. O toucador de Clotilde, isto é, da mulher loira, tem comunicação com um dos apartamentos do prédio vizinho, e esse prédio vizinho tem saída não para a Place Malesherbes, mas para uma rua adjacente, a Rue Montchanin, pelo que consigo lembrar... Que maravilha! E agora entendo como Clotilde Destange vai ao encontro do bem-amado preservando a reputação de pessoa que nunca sai. E também entendo como Arsène Lupin apareceu a meu lado, ontem, na galeria: deve haver outra comunicação entre o apartamento vizinho e a biblioteca..."

E concluiu:

"Mais uma casa manipulada. Mais uma vez, sem dúvida, Destange arquiteto! Agora preciso tirar proveito de minha presença aqui para verificar o conteúdo do armário... e para me instruir sobre as outras casas manipuladas."

Sholmes subiu à galeria e se escondeu atrás dos panos da balaustrada. Lá ficou até o fim da noite. Um criado veio apagar as lâmpadas elétricas. Uma hora depois, o inglês acionou sua lanterna e se dirigiu ao armário.

Como ele sabia, o armário guardava os papéis antigos do arquiteto, projetos, orçamentos, livros de contabilidade. Ao fundo, erguia-se uma série de registros, classificados por ordem de antiguidade.

Pegou os dos últimos anos, um de cada vez, e examinou a página de índice e, especialmente, a letra H. Por fim, tendo encontrado a palavra Harmingeat, acompanhada do número 63, foi à página 63 e leu:

"Harmingeat, Rue Chalgrin, número 40."

Seguiam-se os detalhes das obras executadas para esse cliente com vistas à instalação de uma calefação em seu imóvel. E, na margem, a seguinte nota: "Ver o dossiê M.B.".

"Ah! Agora sei que preciso do dossiê M.B.", ele pensou consigo mesmo. "Com ele, conhecerei a residência atual do sr. Lupin."

Foi somente pela manhã, na segunda metade de um registro, que encontrou o cobiçado dossiê.

Tinha quinze páginas. Uma reproduzia a página dedicada ao sr. Harmingeat, da Rue Chalgrin. Outra detalhava as obras executadas para o sr. Vatinel, proprietário do número 25 da Rue Clapeyron. Outra era reservada ao barão d'Hautrec, no número 134 da Avenue Henri Martin, outra ao castelo de Crozon, e as onze outras a diferentes proprietários de Paris.

Sholmes copiou a lista de onze nomes e onze endereços, depois recolocou tudo no lugar, abriu uma janela e pulou para a praça deserta, tomando o cuidado de fechar as venezianas.

Em seu quarto de hotel, acendeu o cachimbo com a gravidade que conferia a esse gesto e, cercado de nuvens de fumaça, estudou as conclusões que podia tirar do dossiê M.B., ou melhor, do dossiê Maxime Bermond, vulgo Arsène Lupin.

Às oito horas, enviava a Ganimard por correio pneumático a seguinte mensagem:

"Passarei esta manhã na Rue Pergolèse e confiarei ao senhor uma pessoa cuja captura é de suma importância. Em todo caso, esteja em casa esta noite e amanhã, quarta-feira, até meio-dia, e arranje uma maneira de ter trinta homens à sua disposição..."

Depois, escolheu no bulevar um fiacre motorizado cujo motorista lhe agradou por suas feições alegres e pouco inteligentes, e se fez conduzir à Place Malesherbes, cinquenta passos depois do palacete Destange.

– Meu rapaz, feche seu carro – ele disse ao motorista –, levante o colarinho do casaco, porque o vento está frio, e espere pacientemente. Dentro de uma hora e meia, ligue o motor. Assim que eu voltar, siga até a Rue Pergolèse.

No momento de entrar no palacete, teve uma última hesitação. Não seria um erro ocupar-se da mulher loira enquanto

Lupin concluía os preparativos de partida? Ele não teria feito melhor em primeiro procurar a residência de seu adversário, com o auxílio da lista de imóveis?

"Hmm", ele refletiu, "quando a mulher loira for minha prisioneira, estarei no comando da situação."

E apertou a campainha.

O sr. Destange já estava na biblioteca. Eles trabalharam por um momento e Sholmes buscava um pretexto para subir até o quarto de Clotilde quando a jovem entrou, disse bom dia ao pai, sentou-se no pequeno salão e começou a escrever.

De seu lugar, Sholmes a via, debruçada sobre a mesa, e que, de tempos em tempos, meditava, a pena no ar e o rosto pensativo. Ele esperou, depois pegou um volume e disse ao sr. Destange:

– Aqui está um livro que a srta. Destange me pediu para levar-lhe assim que o encontrasse.

Ele se dirigiu ao pequeno salão e se colocou na frente de Clotilde de maneira a que seu pai não pudesse vê-lo, e disse:

– Sou o sr. Stickmann, o novo secretário do sr. Destange.

– Ah! – ela disse, sem se perturbar. – Meu pai mudou de secretário?

– Sim, senhorita, e eu gostaria de lhe falar.

– Sente-se, senhor, já acabei.

Ela acrescentou algumas palavras à carta, assinou-a, selou o envelope, guardou seus papéis, apertou na campainha de um telefone, obteve uma ligação com sua costureira, pediu-lhe que apressasse a conclusão de um casaco de viagem que ela precisava com urgência e por fim, voltando-se para Sholmes, disse-lhe:

– Estou à sua disposição, senhor. Mas nossa conversa não pode ocorrer na presença de meu pai?

– Não, senhorita, e suplico-lhe que não eleve a voz. É melhor que o sr. Destange não nos ouça.

– Para quem é melhor?

– Para a senhorita.

– Não aceito conversas que meu pai não possa ouvir.

– Será preciso que aceite esta.

Os dois se levantaram, e seus olhares se cruzaram.

E ela disse:

– Fale, senhor.

Sempre de pé, ele começou:

– Perdoe-me se me engano em relação a alguns pontos secundários. O que garanto é a exatidão geral dos incidentes que exponho.

– Menos palavras, por favor. Fatos.

Por essa interrupção, lançada bruscamente, ele percebeu que a jovem estava desconfiada e retomou:

– Como quiser, irei direto ao ponto. Há cinco anos, seu pai teve a oportunidade de conhecer um certo sr. Maxime Bermond, que se apresentou a ele como empreendedor... ou arquiteto, eu não saberia dizer. O certo é que o sr. Destange se afeiçoou pelo jovem e, como seu estado de saúde não lhe permitia mais tratar de seus negócios, ele confiou ao sr. Bermond a execução de alguns projetos que ele havia aceitado da parte de antigos clientes e que pareciam de acordo com as capacidades de seu colaborador.

Herlock se deteve. Pareceu-lhe que a palidez da jovem se acentuara. Contudo, foi com grande calma que ela pronunciou:

– Não conheço os fatos de que me informa, senhor, e acima de tudo não vejo em que podem me interessar.

– No seguinte, senhorita. O sr. Maxime Bermond tem como verdadeiro nome, a senhorita sabe tão bem quanto eu, Arsène Lupin.

Ela gargalhou.

– Impossível! Arsène Lupin? O sr. Maxime Bermond se chama Arsène Lupin?

– Como acabo de dizer-lhe, senhorita. E visto que se recusa a me entender em meias-palavras, acrescento que Arsène Lupin encontrou aqui, para a realização de seus planos, uma amiga, mais que uma amiga, uma cúmplice cega e... apaixonadamente devotada.

Ela se levantou e, sem emoção, ou pelo menos com tão pouca emoção que Sholmes ficou impressionado com tanto autocontrole, e declarou:

– Ignoro o objetivo de sua conduta, senhor, e quero ignorá-lo. Rogo-lhe que não diga mais nenhuma palavra e que saia imediatamente.

– Nunca tive a intenção de impor-lhe minha presença indefinidamente – respondeu Sholmes, tão tranquilo quanto ela. – Mas decidi não sair sozinho desta casa.

– E quem o acompanhará, senhor?

– A senhorita!

– Eu?

– Sim, sairemos juntos e a senhorita me seguirá, sem nenhum protesto, sem nenhuma palavra.

O mais estranho daquela cena era a calma absoluta dos dois adversários. Mais do que um duelo implacável entre duas vontades poderosas, diríamos estar, pela atitude dos dois, pelo tom de suas vozes, diante de uma conversa cortês entre duas pessoas que não têm a mesma opinião.

Na rotunda, pela grande abertura, vislumbrava-se o sr. Destange manejando seus livros com gestos contidos.

Clotilde voltou a sentar, erguendo ligeiramente os ombros. Herlock pegou o relógio.

– São dez e meia. Em cinco minutos, partimos.

– Senão?

– Senão irei até o sr. Destange e contarei...

– O quê?

– A verdade. Contarei a vida mentirosa de Maxime Bermond, e a dupla vida de sua cúmplice.

– De sua cúmplice?

– Sim, daquela que chamamos de mulher loira, daquela que foi loira.

– Que provas fornecerá?

– Levarei o sr. Destange à Rue Chalgrin e mostrarei a passagem que Arsène Lupin, aproveitando as obras que dirigia, fez seus homens construírem entre os números 40 e 42, a passagem que serviu a vocês dois na noite retrasada.

– Depois?

– Depois, levarei o sr. Destange ao apartamento do doutor Detinan, desceremos a escada de serviço pela qual a senhorita desceu com Arsène Lupin para escapar de Ganimard. E procuraremos juntos a passagem sem dúvida análoga que existe com o prédio vizinho, cuja saída dá para o Boulevard des Batignolles e não para a Rue Clapeyron.

– E depois?

– Depois, levarei o sr. Destange ao castelo de Crozon e será fácil para ele, que conhece o tipo de obra executada por Arsène Lupin durante a restauração do castelo, descobrir as passagens secretas que Arsène Lupin mandou construir por seus homens. Ele constatará que essas passagens permitiram à mulher loira introduzir-se, à noite, no quarto da condessa e pegar de cima da lareira o diamante azul, e, duas semanas depois, introduzir-se no quarto do conselheiro Bleichen e esconder esse diamante azul dentro de um frasco... ato bastante estranho, admito, pequena vingança feminina, talvez, não sei dizer, isso não importa.

– E depois?

– Depois – disse Herlock numa voz mais grave –, levarei o sr. Destange ao número 134 da Avenue Henri Martin e procurarem como o barão d'Hautrec...

– Cale-se, cale-se – balbuciou a jovem, com súbito temor. – Proíbo-o...! Então ousa dizer que fui eu... O senhor me acusa...

– Acuso-a de ter matado o barão d'Hautrec.

– Não, não! É uma infâmia.

– A senhorita matou o barão d'Hautrec. Começou a trabalhar para ele com o nome de Antoinette Bréhat, no intuito de roubar o diamante azul, e matou-o.

Mais uma vez ela murmurou, atormentada, reduzida a súplicas:

– Cale-se, senhor, suplico-lhe. Já que sabe tantas coisas, deve saber que não assassinei o barão.

– Eu não disse que o assassinou, senhorita. O barão d'Hautrec estava sujeito a ataques de loucura que a irmã Auguste era a única a poder controlar. Obtive esse detalhe da própria. Na ausência dessa pessoa, ele deve ter se jogado sobre a senhorita, e foi durante essa luta, para defender sua vida, que o golpeou. Assustada com tal ato, apertou a campainha e fugiu sem nem mesmo arrancar do dedo de sua vítima o diamante azul que fora buscar. Um instante depois, trazia um dos cúmplices de Lupin, empregado do prédio vizinho, e levava o barão para sua cama, deixava o quarto em ordem... mas sempre sem ousar pegar o diamante azul. Foi isso que aconteceu. Portanto, repito-o, a senhorita não assassinou o barão. Mas foram suas mãos que o golpearam.

Ela as havia cruzado sobre o rosto, suas longas mãos finas e pálidas, e manteve-as assim por longo tempo, imóveis. Por fim, soltando os dedos, mostrou o rosto transido de dor e perguntou:

– É tudo o que tem a intenção de dizer a meu pai?

– Sim, e direi que tenho como testemunhas a srta. Gerbois, que reconhecerá a mulher loira, a irmã Auguste, que reconhecerá Antoinette Bréhat, a condessa de Crozon, que reconhecerá a sra. de Réal. É isso que lhe direi.

– O senhor não ousaria – ela disse, recuperando o sangue frio diante da ameaça de um perigo imediato.

Ele se levantou e deu um passo na direção da biblioteca. Clotilde o deteve:

– Um instante, senhor.

Ela refletiu, senhora de si mesma e, bastante calma, perguntou-lhe:

– O senhor é Herlock Sholmes, não é mesmo?

– Sim.

– O que quer de mim?

– O que quero? Comecei um duelo com Arsène Lupin e preciso sair vencedor. Na espera de um desenlace que não tardará, estimo que uma refém tão preciosa quanto a senhorita me dará sobre meu adversário uma vantagem considerável. Portanto, siga-me, senhorita, ficará com um de meus amigos. Assim que meu objetivo for alcançado, estará livre.

– Isso é tudo?

– Isso é tudo, não faço parte da polícia de seu país e não me sinto, consequentemente, no direito de... fazer justiça.

Ela parecia convencida. Contudo, pediu mais um momento de descanso. Seus olhos se fecharam e Sholmes a observou, subitamente tão tranquila, quase indiferente aos perigos que a cercavam.

“Aliás”, pensava o inglês, “será que acredita estar em perigo? Claro que não, pois Lupin a protege. Com Lupin, não pode acontecer. Lupin é onipotente, Lupin é infalível.”

– Senhorita – ele disse –, falei em cinco minutos, já se passaram mais de trinta.

– Permite-me subir ao meu quarto, senhor, e pegar minhas coisas?

– Se quiser, senhorita, esperarei na Rue Montchanin. Sou um excelente amigo do zelador Jeanniot.

– Ah, o senhor sabe! – ela exclamou, com visível temor.

– Sei muitas coisas.

– Está bem. Vou chamar o criado.

Trouxeram seu chapéu e seu casaco, e Sholmes lhe disse:

– A senhorita precisa de uma razão que explique nossa partida ao sr. Destange, e essa razão precisa explicar sua ausência por alguns dias.

– Não é necessário. Logo voltarei.

Mais uma vez, eles se mediram com o olhar, irônicos e sorridentes.

– Como confia nele! – exclamou Sholmes.

– Cegamente.

– Tudo o que ele faz está certo, não é mesmo? Tudo o que ele quer se realiza. E a senhorita aprova tudo e está disposta a tudo por ele.

– Eu o amo – ela disse, trêmula de paixão.

– E acredita que ele a salvará?

Ela deu de ombros e, avançando na direção do pai, avisou-o.

– Vou roubar o sr. Stickmann. Vamos à Biblioteca Nacional.

– Volta para almoçar?

– Talvez... Ou melhor, não... Mas não se preocupe...

E declarou firmemente a Sholmes:

– Estou pronta, senhor.

– Sem dissimulações?

– De olhos fechados.

– Se tentar fugir, chamo a polícia, grito, a senhorita será detida e irá para a prisão. Não esqueça que a mulher loira é objeto de um mandado.

– Juro por minha honra que não farei nada para fugir.

– Acredito na senhorita. Vamos.

Juntos, como ele havia previsto, eles saíram do palacete.

Na praça, o automóvel estacionava, virado para o sentido contrário. Viam-se as costas do motorista e seu quepe, que chegava quase ao colarinho de seu casaco. Aproximando-se, Sholmes ouviu o ronco do motor. Ele abriu a porta, pediu que Clotilde entrasse e sentou-se a seu lado.

O carro arrancou bruscamente, passou pelos bulevares externos, pela Avenue Hoche, pela Avenue de la Grande Armée.

Herlock, pensativo, repassava seus planos.

"Ganimard está em casa... Deixo a jovem em suas mãos... Direi quem é a jovem? Não, ele a levaria diretamente à Central, o que estragaria tudo. Uma vez sozinho, consulto a lista do dossiê M.B. e vou à caça. Hoje à noite, ou no máximo amanhã de manhã, vou ao encontro de Ganimard, como combinado, e entrego-lhe Arsène Lupin e seu bando..."

Esfregou as mãos, feliz de finalmente sentir a proximidade de seu objetivo e ver que nenhum obstáculo sério o separava dele. Cedendo a uma necessidade de expansão que contrastava com sua natureza, exclamou:

– Desculpe-me, senhorita, se demonstro tanta satisfação. A batalha foi difícil e o sucesso me é particularmente agradável.

– Sucesso legítimo, senhor, com o qual tem direito de se regozijar.

– Obrigado. Mas que caminho estranho estamos seguindo! O motorista não entendeu?

Naquele momento, eles saíam de Paris pela porta de Neuilly. Diabos! A Rue Pergolèse não fica fora das fortificações da cidade.

Sholmes abriu o vidro.

– Ei, motorista, o senhor se enganou... Rue Pergolèse!

O homem não respondeu. Ele repetiu, mais alto:

– Eu lhe disse para ir à Rue Pergolèse.

O homem não respondeu.

– Ora, mas o senhor está surdo, meu amigo! Ou está de má vontade... Não temos nada a fazer aqui... Para a Rue Pergolèse! Ordeno que dê meia-volta, e o mais rápido possível.

Sempre o mesmo silêncio. O inglês teve um calafrio. Olhou para Clotilde: um sorriso indefinível contraía os lábios da jovem.

– Por que está rindo? – ele praguejou. – Esse incidente não tem relação alguma... Não muda as coisas em nada...

– Absolutamente nada – ela respondeu.

De repente, um pensamento o abalou. Ergueu-se um pouco, examinou com mais atenção o homem que estava no banco do motorista. Os ombros eram mais estreitos, a atitude mais à vontade... Um suor frio o enregelou, suas mãos se crisparam, enquanto a mais assustadora certeza se impunha à sua mente: aquele homem era Arsène Lupin.

– Então, sr. Sholmes, o que diz desse pequeno passeio?

– Delicioso, caro senhor, realmente delicioso – respondeu Sholmes.

Talvez nunca lhe tenha sido necessário fazer um esforço tão grande sobre si mesmo só para articular essas palavras sem nenhum tremor na voz, sem nada que pudesse indicar a extrema agitação de todo seu ser. Imediatamente, porém, por uma espécie de reação formidável, uma torrente de raiva e ódio rompeu os diques, derrubou sua vontade e, num gesto brusco, sacando o revólver, ele o apontou para a srta. Destange.

– Neste exato minuto, neste exato segundo, pare o carro, Lupin, ou abro fogo na senhorita.

– Recomendo que mire na bochecha, se quiser atingir a têmpora – respondeu Lupin, sem virar a cabeça.

Clotilde pediu:

– Maxime, não vá tão rápido, o calçamento está escorregadio e tenho muito medo.

Ela continuava sorrindo, os olhos fixos na estrada à frente do carro.

– Ele precisa parar! Parar! – disse-lhe Sholmes, louco de raiva. – Entenda que sou capaz de tudo!

O cano do revólver roçou os cachos de seu cabelo.

Ela murmurou:

– Esse Maxime é tão imprudente! Nessa velocidade, com certeza vamos derrapar.

Sholmes guardou a arma no bolso e agarrou a maçaneta da porta, disposto a se atirar, apesar do absurdo de tal ato.

Clotilde lhe disse:

– Cuidado, senhor, há um automóvel atrás de nós.

Ele se debruçou. Um carro de fato os seguia, enorme, de aspecto feroz com sua frente pontuda, cor de sangue, e quatro homens em peles de animais.

"Bom", ele pensou, "estou bem vigiado, tenhamos paciência."

Ele cruzou os braços em frente ao peito, com a submissão orgulhosa dos que se dobram e esperam quando o destino se volta contra eles. E enquanto atravessavam o Sena e passavam por Suresnes, Rueil, Chatou, imóvel, resignado, dominando sua raiva e sua amargura, ele só pensava em descobrir por qual milagre Arsène Lupin substituíra o motorista. Que o bom rapaz que havia escolhido pela manhã no bulevar pudesse ser um cúmplice posicionado de antemão, ele não admitiria. Portanto, era preciso que Arsène Lupin tivesse sido avisado, e isso só podia ter acontecido depois que ele, Sholmes, ameaçara

Clotilde, pois ninguém, antes disso, desconfiava de seu plano. Ora, desde aquele momento, Clotilde e ele não se separavam.

Uma lembrança o atingiu em cheio: a ligação telefônica solicitada pela jovem, sua conversa com a costureira. Entendeu tudo na mesma hora. Antes mesmo que tivesse falado, somente ao pedido de entrevista que solicitava como novo secretário do sr. Destange, ela havia farejado o perigo, adivinhado o nome e o objetivo do visitante e, com frieza e naturalidade, como se medisse muito bem o ato que realizava, chamara Lupin em seu socorro, dissimulado numa prestadora de serviços, e utilizando fórmulas combinadas entre eles.

Como Arsène Lupin chegara, como o automóvel que esperava, de motor ligado, lhe parecera suspeito, como ele subornara o motorista, nada disso importava. O que fascinava Sholmes a ponto de aplacar sua fúria era a recordação do instante em que uma simples mulher, apaixonada, é verdade, domando seus nervos, contendo seu instinto, imobilizando os traços de seu rosto, subjugando a expressão de seus olhos, havia enganado o velho Herlock Sholmes.

O que fazer contra um homem servido por tais ajudantes e que, pela simples ascendência de sua autoridade, insuflava numa mulher tais provisões de audácia e energia?

Atravessaram outro meandro do Sena e subiram a margem de Saint-Germain-en-Laye; quinhentos metros depois dessa cidade, porém, o fiacre diminuiu a velocidade. O outro carro emparelhou com ele e os dois pararam. Não havia ninguém nos arredores.

– Sr. Sholmes – disse Lupin –, faça a gentileza de trocar de veículo. O nosso é realmente lento...!

– Como assim? – exclamou Sholmes, apressado porque não tinha escolha.

– Permita-me emprestar-lhe este casaco, pois iremos bastante rápido, e oferecer-lhe estes dois sanduíches... Sim, sim, aceite, quem sabe quando poderá jantar!

Os quatro homens haviam descido. Um deles se aproximou e, como havia retirado os óculos que o disfarçavam, Sholmes reconheceu o senhor de sobrecasaca do restaurante húngaro. Lupin lhe disse:

– Devolva esse fiacre ao motorista a quem o aluguei. Ele espera na primeira casa de vinhos à direita da Rue Legendre. Pague-lhe a segunda parcela de mil francos prometida. Ah, eu já ia esquecendo! Dê seus óculos ao sr. Sholmes.

Ele conversou com a srta. Destange, depois se instalou ao volante e partiu, Sholmes a seu lado e, atrás dele, um de seus homens.

Lupin não havia exagerado ao dizer que iria "bastante rápido". Desde o início, a velocidade foi vertiginosa. O horizonte vinha ao encontro deles, como se atraído por uma força misteriosa, e desaparecia na mesma hora, como se absorvido por um abismo para o qual outras coisas, árvores, casas, planícies e florestas, se precipitavam com a ânsia tumultuosa de uma correnteza que prenuncia a aproximação do precipício.

Sholmes e Lupin não trocavam nenhuma palavra. Acima de suas cabeças, as folhas dos choupos faziam um grande barulho de ondas, ritmado pelo espaçamento regular das árvores. E as cidades desapareciam: Mantes, Vernon, Gaillon. De uma colina à outra, de Bon-Secours a Canteleu, Rouen, seu subúrbio, seu porto, seus quilômetros de cais. Rouen pareceu a rua de um vilarejo. E depois Duclair, Caudebec, a região de Caux, cujas ondulações roçaram com seu voo poderoso, e Lillebonne e Quillebeuf. E eis que eles se viram de repente à margem do Sena, na ponta de um pequeno cais, onde descansava um iate sóbrio e de linhas robustas, cuja chaminé lançava espirais de fumaça preta.

O carro parou. Em duas horas, haviam percorrido quase duzentos quilômetros.

Um homem de jaqueta azul e quepe com galões de ouro se aproximou e saudou-os.

– Perfeito, capitão! – exclamou Lupin. – Recebeu a mensagem?

– Recebi.

– O *Andorinha* está pronto?

– O *Andorinha* está pronto.

– Nesse caso, sr. Sholmes...?

O inglês olhou ao redor por um instante, viu um grupo de pessoas no terraço de um café, outro mais perto, depois, compreendendo que antes da possibilidade de qualquer intervenção seria agarrado, embarcado e colocado no porão, atravessou a passarela e seguiu Lupin à cabine do capitão.

Esta era ampla, de uma limpeza meticulosa, e iluminada pelo verniz de seus lambris e pelo brilho de seus detalhes de metal.

Lupin fechou a porta e, sem preâmbulos, quase brutalmente, disse a Sholmes:

– O que sabe ao certo?

– Tudo.

– Tudo? Seja específico.

Não havia mais no tom de sua voz a cortesia um pouco irônica que ele afetava com o inglês. Era o tom imperioso do chefe que tem o hábito de comandar e ver todos se curvarem à sua frente, mesmo Herlock Sholmes.

Mediram um ao outro com o olhar, inimigos agora, inimigos declarados e inquietos. Um pouco irritado, Lupin continuou:

– Várias vezes, senhor, encontrei-o em meu caminho. Já foram vezes demais, cansei de perder meu tempo evitar as armadilhas do senhor. Aviso-lhe, portanto, que minha conduta com o senhor dependerá de sua resposta. O que sabe ao certo?

– Tudo, senhor, repito que tudo.

Arsène Lupin se conteve e, numa voz entrecortada:

– Vou lhe dizer o que o senhor sabe. O senhor sabe que, sob o nome de Maxime Bermond, eu... retoquei quinze casas construídas pelo sr. Destange.

– Sim.

– Dessas quinze casas, o senhor conhece quatro.

– Sim.

– E tem a lista das outras onze.

– Sim.

– Pegou esta lista na casa do sr. Destange, sem dúvida noite passada.

– Sim.

– E como imagina que, entre esses onze imóveis, necessariamente guardei um para mim, para minhas necessidades e para a de meus amigos, confiou a Ganimard a missão de tomar providências e descobrir meu esconderijo.

– Não.

– O que quer dizer com isso...?

– Quero dizer que trabalho sozinho e que tomaria, sozinho, minhas providências.

– Então não tenho nada a temer, pois o senhor está em minhas mãos.

– O senhor não tem nada a temer enquanto eu estiver em suas mãos.

– E não vai continuar?

– Não.

Arsène Lupin se aproximou do inglês e, pousando a mão com toda leveza sobre seu ombro, disse-lhe:

– Escute, não estou com humor para conversar e o senhor, infelizmente para si mesmo, não está em condições de me derrotar. Portanto, acabemos com isso.

– Acabemos com isso.

– O senhor me dará sua palavra de honra de que não tentará fugir deste barco antes de estar em águas inglesas.

– Dou-lhe minha palavra de honra de que tentarei fugir por todos os meios – respondeu Sholmes, indomável.

– Com mil diabos! Mas o senhor sabe que só preciso dizer uma palavra para reduzi-lo à impotência. Todos esses homens me obedecem cegamente. A um sinal meu, colocam uma corrente em seu pescoço...

– Correntes se rompem.

– ...e atiram-no na água a dez milhas da costa.

– Sei nadar.

– Boa resposta – exclamou Lupin, rindo. – Deus me perdoe, eu estava furioso. Desculpe-me, mestre... Mas acabemos com isso. Reconhece que tomo as medidas necessárias para minha segurança e a dos meus amigos?

– Todas as medidas. Mas elas são inúteis.

– Está bem. No entanto, me perdoará por tomá-las.

– É seu dever. Vamos.

Lupin abriu a porta e chamou o capitão e dois marujos, que pegaram o inglês e, depois de o revistarem, amarraram suas pernas e o prenderam ao beliche do capitão.

– Chega! – ordenou Lupin. – Na verdade, só sua obstinação, senhor, e a gravidade excepcional das circunstâncias, para que eu ouse me permitir...

Os marujos se retiraram. Lupin disse ao capitão:

– Capitão, um membro da tripulação permanecerá à disposição do sr. Sholmes, e o senhor mesmo lhe fará companhia sempre que possível. Tenham toda consideração por ele. Não é um prisioneiro, mas um hóspede. Que horas são em seu relógio, capitão?

– Duas e cinco.

Lupin consultou seu relógio, depois o pêndulo pendurado na parede da cabine.

– Duas e cinco? Estamos de acordo. Quanto tempo precisa para chegar a Southampton?

– Nove horas, sem nos apressar.

– Leve onze. Não deve tocar a terra antes da partida do navio que sai de Southampton à meia-noite e chega no Havre às oito horas da manhã. Entendeu, capitão? Repito: como seria infinitamente perigoso para nós todos que este senhor voltasse para a França por esse navio, o senhor não deve chegar a Southampton antes da uma da manhã.

– Entendido.

– Minhas saudações, mestre. Até o ano que vem, neste mundo ou no próximo.

– Até amanhã.

Alguns minutos depois, Sholmes ouviu o automóvel se afastar e imediatamente, nas profundezas do *Andorinha*, o vapor arquejar com mais violência. O barco zarpou.

Por volta das três horas, haviam atravessado o estuário do Sena e entravam em mar aberto. Nesse momento, deitado na cama à qual estava amarrado, Herlock Sholmes dormia profundamente.

Na manhã seguinte, décimo e último dia da guerra travada pelos dois grandes rivais, o *Écho de France* publicava uma deliciosa notícia:

> "Ontem, um decreto de expulsão foi promulgado por Arsène Lupin contra Herlock Sholmes, detetive inglês. Assinado ao meio-dia, o decreto foi executado à tarde. À uma hora da manhã, Sholmes foi desembarcado em Southampton."

Capítulo 6

A segunda prisão de Arsène Lupin

Às oito horas, doze coches de mudança atravancaram a Rue Crevaux, entre a Avenue du Bois de Boulogne e a Avenue Bugeaud. O sr. Félix Davey deixava o apartamento que ocupava no quarto andar do número 8. E o sr. Dubreuil, perito, que reunira num único apartamento o quinto andar do mesmo prédio e o quinto andar dos dois prédios contíguos, enviava no mesmo dia – pura coincidência, pois esses senhores não se conheciam – as coleções de móveis que tantos correspondentes estrangeiros visitavam diariamente.

Detalhe que foi notado no bairro, mas de que só se falou mais tarde, nenhum dos doze coches levava o nome e o endereço da empresa de mudanças, e nenhum dos homens que os acompanhavam se demorou nos bares vizinhos. Eles trabalharam tão bem que às onze horas tudo estava pronto. Não restava nada além dos montes de papéis e panos deixados para trás, nos cantos dos quartos vazios.

O sr. Félix Davey, jovem elegante, vestido segundo a moda mais refinada, mas que usava uma bengala cujo peso indicava o bíceps pouco comum de seu dono, saiu tranquilamente e sentou-se no banco da alameda transversal que corta a Avenue du Bois, na frente da Rue Pergolèse. Perto dele, uma mulher, com roupas de pequeno-burguesa, lia seu jornal, enquanto uma criança brincava de cavar um monte de areia com sua pá.

Após certo tempo, Félix Davey perguntou à mulher, sem virar a cabeça:

– Ganimard?

– Saiu às nove horas da manhã.

– Para onde foi?

– Para o Departamento de Polícia.

– Sozinho?

– Sozinho.

– Nenhuma mensagem noturna?

– Nenhuma.

– Ainda confiam em você na casa?

– Ainda. Faço pequenos serviços para a sra. Ganimard e ela me conta tudo o que o marido faz... Passamos a manhã juntas.

– Muito bem. Até segunda ordem, continue a vir aqui, todos os dias, às onze horas.

Ele se levantou e se dirigiu ao Pavilhão Chinês, perto da Porte Dauphine, onde fez uma refeição frugal, dois ovos, legumes e frutas. Depois voltou à Rue Crevaux e disse à zeladora:

– Vou dar uma olhada lá em cima e lhe devolvo as chaves.

Terminou sua inspeção pelo aposento que lhe servia de gabinete de trabalho. Ali, pegou a ponta de um duto de gás articulado que pendia ao lado da lareira, tirou a tampa de cobre que o fechava, encaixou um pequeno aparelho na forma de corneta e assoprou.

Um leve assobio lhe respondeu. Levando o duto à boca, murmurou:

– Ninguém, Dubreuil?

– Ninguém.

– Posso subir?

– Sim.

Recolocou o duto no lugar, dizendo-se:

"Até onde vai o progresso? Nosso século fervilha de pequenas invenções que tornam a vida realmente encantadora e pitoresca. E tão divertida...! Principalmente quando sabemos aproveitar a vida como eu."

Ele girou um dos frisos do mármore da lareira. A placa de mármore se moveu e o espelho que a encimava deslizou por ranhuras invisíveis, revelando uma abertura onde surgiam os primeiros degraus de uma escada construída no próprio corpo da lareira; tudo muito liso, em ferro cuidadosamente polido e ladrilhos de porcelana branca.

Subiu. No quinto andar, mesma abertura acima da lareira. O sr. Dubreuil o esperava.

– Acabou, na sua casa?

– Acabou.

– Tudo foi esvaziado?

– Completamente.

– E o pessoal?

– Só ficaram os três homens de guarda.

– Vamos.

Um depois do outro, subiram pela mesma passagem até o andar dos criados e chegaram a uma mansarda onde havia três indivíduos, um dos quais olhava pela janela.

– Nada de novo?

– Nada, chefe.

– A rua está calma?

– Totalmente.

– Mais dez minutos e parto definitivamente... vocês também. Até lá, ao menor movimento suspeito na rua, avisem-me.

– Estou com o dedo na campainha de alarme, chefe.

– Dubreuil, recomendou ao pessoal da mudança que não tocasse nos fios dessa campainha?

– Sim, está funcionando perfeitamente.

– Então me sinto tranquilo.

Os dois senhores desceram até o apartamento de Félix Davey. E este, depois de recolocar o friso de mármore, exclamou alegremente:

– Dubreuil, eu gostaria de ver a cara das pessoas que descobrirem todos esses truques admiráveis, campainhas de alarme, redes de fios elétricos e dutos acústicos, passagens invisíveis, tacos de assoalho deslizantes, escadas ocultas... um verdadeiro maquinário de espetáculos extraordinários!

– Que publicidade para Arsène Lupin!

– Uma publicidade que ele de bom grado dispensaria. Pena ter que deixar um local como este. Precisaremos recomeçar tudo, Dubreuil... e com um novo modelo, é claro, pois nunca devemos nos repetir. Maldito Sholmes!

– Ainda não voltou, o Sholmes?

– E como? De Southampton, há um único navio, o da meia-noite. Do Havre, um único trem, o das oito horas da manhã, que chega às onze e onze. Se ele não pegou o navio da meia-noite, e não o pegou, as instruções dadas ao capitão eram claras, ele só poderá voltar à França esta noite, via Newhaven e Dieppe.

– Se voltar!

– Sholmes nunca abandona uma partida. Ele voltará, mas tarde demais. Estaremos longe.

– E a srta. Destange?

– Devo encontrá-la em uma hora.

– Na casa dela?

– Ah, não! Só voltará para casa dentro de alguns dias, passada a tormenta... e quando não precisarei mais me preocupar com ela. Mas você, Dubreuil, precisa se apressar. O embarque de todos os nossos pacotes vai demorar, e sua presença é necessária no cais.

– Tem certeza de que não somos vigiados?

– Por quem? Eu só temia Sholmes.

Dubreuil se retirou. Félix Davey deu uma última volta no apartamento, juntou duas ou três cartas rasgadas, depois, avistando um pedaço de giz, pegou-o e desenhou no papel de parede escuro da sala de jantar um grande quadro e escreveu, como numa placa comemorativa:

AQUI VIVEU, POR CINCO ANOS, NO INÍCIO DO SÉCULO XX,
ARSÈNE LUPIN, LADRÃO DE CASACA.

Essa pequena brincadeira pareceu lhe causar uma grande satisfação. Contemplou-a assobiando uma melodia alegre e exclamou:

– Agora que estou em regra com os historiadores das gerações futuras, retiro-me. Seja rápido, mestre Herlock Sholmes, em menos de três minutos terei deixado minha toca e sua derrota será total... mais dois minutos! Está me fazendo esperar, mestre! Mais um minuto...! Não vem? Muito bem, proclamo sua derrota e minha apoteose. Dito isso, me vou. Adeus, reino de Arsène Lupin! Não nos veremos mais. Adeus, 55 aposentos dos seis apartamentos sobre os quais eu reinava! Adeus, meu quartinho, meu austero quartinho!

Uma campainha interrompeu seu acesso de lirismo, uma campainha aguda, rápida e estridente, que se interrompeu duas vezes, se repetiu duas vezes e cessou. Era a campainha de alarme.

O que estava acontecendo? Algum perigo imprevisto? Ganimard? Não podia ser...

Ele esteve a ponto de voltar a seu gabinete e fugir. Primeiro, porém, foi até a janela. Ninguém na rua. O inimigo já estaria dentro do prédio, então? Prestou atenção e pensou discernir rumores confusos. Sem mais hesitações, correu até seu gabinete de trabalho e, quando entrava no aposento, ouviu o barulho de uma chave que tentavam introduzir na porta do vestíbulo.

"Diabos", murmurou, "bem na hora. A casa talvez esteja cercada... a escada de serviço, inacessível. Ainda bem que a lareira..."

Empurrou bruscamente o friso: ele não se moveu. Fez um esforço mais violento: ele não se moveu.

No mesmo momento, teve a impressão de que a porta se abria no vestíbulo e que passos ressoavam.

– Diabos – praguejou –, estou perdido sem esse maldito mecanismo...

Seus dedos se convulsionaram em torno do friso. Apertou-o com todo seu peso. Nada se moveu. Nada! Por um azar inacreditável, por uma maldade realmente assustadora do destino, o mecanismo, que funcionava há um instante, não funcionava mais!

Ele insistiu, se crispou. O bloco de mármore permanecia inerte, inabalável. Maldição! Seria possível que aquele obstáculo estúpido lhe barrasse o caminho? Ele golpeou o mármore, golpeou-o com socos raivosos, martelou-o, injuriou-o...

– Ora essa, sr. Lupin, alguma coisa não funciona como gostaria?

Lupin se virou, transido de horror. Herlock Sholmes estava na sua frente!

Herlock Sholmes! Olhou para ele piscando os olhos, como se incomodado por uma visão cruel. Herlock Sholmes em Paris! Herlock Sholmes, que ele enviara na véspera para a Inglaterra como um pacote perigoso, e que surgia à sua frente, vitorioso e livre! Ah! Para que aquele impossível milagre se realizasse apesar da vontade de Arsène Lupin, era preciso uma reviravolta das leis naturais, o triunfo de tudo o que é ilógico e anormal! Herlock Sholmes na sua frente!

E o inglês falou, irônico por sua vez, e cheio da cortesia desdenhosa com que seu adversário tantas vezes o fustigara:

– Sr. Lupin, informo-lhe que a partir deste minuto não pensarei nunca mais na noite que me fez passar no palacete do barão d'Hautrec, nas desventuras de meu amigo Wilson, no sequestro que sofri de automóvel e na viagem que acabo de realizar, amarrado por suas ordens a um beliche pouco confortável. Este minuto apaga tudo. Não me lembro de mais nada. Sinto-me compensado. Extremamente compensado.

Lupin guardou silêncio. O inglês continuou:

– Não acha?

Parecia insistir como se exigisse uma anuência, uma espécie de compensação pelo passado.

Após um instante de reflexão, durante o qual o inglês se sentiu atravessado e esquadrinhado até o mais fundo de sua alma, Lupin declarou:

– Suponho que sua conduta atual se baseie em motivos sérios.

– Extremamente sérios.

– O fato de ter escapado de meu capitão e de meus marujos não passa de um incidente secundário de nosso embate. Mas o fato de estar aqui, na minha frente, sozinho, entenda bem, sozinho diante de Arsène Lupin, me leva a crer que sua revanche é a mais completa possível.

– A mais completa possível.

– O prédio?

– Cercado.

– Os dois prédios vizinhos?

– Cercados.

– O apartamento acima deste?

– Os três apartamentos do quinto andar, que o sr. Dubreuil ocupava, cercados.

– De modo que...

– De modo que está preso, sr. Lupin, irremediavelmente preso.

Os mesmos sentimentos que haviam agitado Sholmes durante seu passeio de automóvel foram sentidos por Lupin, a mesma fúria contida, a mesma revolta – mas também, no fim das contas, a mesma lealdade o curvou à força dos acontecimentos. Os dois, igualmente poderosos, deviam aceitar igualmente a derrota como um mal provisório ao qual é preciso se resignar.

– Estamos quites, senhor – ele articulou com clareza.

O inglês pareceu encantado com a confissão. Eles se calaram. Depois, Lupin retomou a palavra, já senhor de si e sorridente:

– E não estou zangado! Tornava-se tedioso ganhar todas as vezes. Bastava esticar o braço para atingi-lo no meio do peito. Dessa vez, eu o fui. *Touché*, mestre!

Ele ria com prazer.

– Finalmente vamos nos divertir! Lupin está na ratoeira. Como vai sair dessa? Na ratoeira...! Que aventura... Ah, mestre, devo-lhe uma intensa emoção. É isso, a vida!

Pressionou as têmporas com os dois punhos fechados, como se quisesse comprimir a alegria desenfreada que fervilhava dentro dele, e também esboçava gestos de criança que claramente se diverte além de suas forças.

Por fim, aproximou-se do inglês.

– E agora, o que espera?

– O que espero?

– Sim, Ganimard está aqui, com seus homens. Por que ele não entra?

– Pedi que não entrasse.

– E ele concordou?

– Solicitei seus serviços com a condição formal de que se deixasse guiar por mim. Além disso, ele acredita que o sr. Félix Davey não passa de um cúmplice de Lupin!

– Então repito minha pergunta de outra forma. Por que entrou sozinho?

– Quis primeiro falar-lhe.

– Ha, ha! O senhor tem coisas a me dizer.

A ideia pareceu deixar Lupin extraordinariamente satisfeito. Em algumas circunstâncias, preferimos muito mais as palavras do que as ações.

– Sr. Sholmes, lamento não ter uma poltrona para lhe oferecer. Esta velha caixa quebrada lhe convém? Ou o parapeito desta janela? Tenho certeza de que um copo de cerveja seria bem-vindo... clara ou escura...? Mas sente-se, por favor...

– Não é preciso. Falemos.

– Estou ouvindo.

– Serei breve. O objetivo de minha visita à França não era sua prisão. Se fui levado a persegui-lo, foi porque nenhum outro meio se apresentava para chegar a meu verdadeiro objetivo.

– Que era?

– Encontrar o diamante azul!

– O diamante azul!

– Exatamente, pois o que foi encontrado no frasco do cônsul Bleichen não era o verdadeiro.

– De fato. O verdadeiro foi enviado pela mulher loira, mandei fazer uma cópia idêntica e como, na época, eu tinha planos para as outras joias da condessa e o cônsul Bleichen era suspeito, a dita mulher loira, para não se tornar suspeita também, colocou o falso diamante nas coisas do dito cônsul.

– Enquanto o senhor ficou com o verdadeiro.

– Obviamente.

– Preciso desse diamante.

– Impossível. Mil desculpas.

– Prometi à condessa de Crozon. E o terei.

– Como o terá, se está em meu poder?

– Eu o terei justamente porque está em seu poder.

– Eu o darei ao senhor, então?

– Sim.

– Voluntariamente?

– Compro-o do senhor.

Lupin teve um acesso de riso.

– O senhor é mesmo de seu país. Trata tudo como um negócio.

– É um negócio.

– E o que me oferece?

– A liberdade da srta. Destange.

– Sua liberdade? Mas que eu saiba ela não está presa.

– Fornecerei ao sr. Ganimard as informações necessárias. Privada de sua proteção, ela também será presa.

Lupin gargalhou de novo.

– Caro senhor, oferece-me algo que não tem. A srta. Destange está em segurança e não corre nenhum perigo. Ofereça outra coisa.

O inglês hesitou, visivelmente constrangido, um pouco vermelho no rosto. Depois, bruscamente, colocou a mão no ombro do adversário:

– E se eu lhe oferecesse...

– Minha liberdade?

– Não... Mas, enfim, posso sair do aposento, conversar com o sr. Ganimard...

– E me deixar refletir?

– Sim.

– Ah, meu deus, de que isso me serviria? Esse maldito mecanismo estragou – disse Lupin, empurrando o friso da lareira com irritação.

Ele sufocou um grito de espanto dessa vez, pois, capricho das coisas, por um retorno inesperado da sorte o bloco de mármore havia mexido sob seus dedos!

Era a salvação, a fuga possível. Nesse caso, por que se submeter às condições de Sholmes?

Caminhou de um lado para outro, como se meditasse na resposta. Depois, colocou por sua vez a mão no ombro do inglês.

– Pensando bem, sr. Sholmes, prefiro fazer meus negócios sozinho.

– Contudo...

– Não, não preciso de ninguém.

– Quanto Ganimard o tiver nas mãos, será o fim. Não o soltará.

– Quem sabe!

– Vejamos, é uma loucura. Todas as saídas estão vigiadas.

– Resta uma.

– Qual?

– A que vou tomar.

– Bobagem! Sua prisão pode ser considerada um fato.

– Ou não.

– Então?

– Então fico com o diamante azul.

Sholmes pegou o relógio.

– São dez para as três. Às três horas, chamo Ganimard.

– Então temos dez minutos para conversar. Aproveitemos, sr. Sholmes, e, para satisfazer a curiosidade que me devora, diga-me como descobriu meu endereço e o nome Félix Davey.

Enquanto vigiava atentamente Lupin, cujo bom humor o preocupava, Sholmes se dedicou de bom grado à explicação em que seu amor-próprio recebe o que lhe é de direito:

– Seu endereço? Recebi-o da mulher loira.

– Clotilde!

– A própria. Lembre-se... Ontem de manhã... quando tentei raptá-la de automóvel, ela telefonou para a costureira.

– De fato.

– Muito bem, mais tarde entendi que a costureira era o senhor. E, no barco, esta noite, por um esforço de memória, que talvez seja uma das coisas de que me será permitido ter orgulho, consegui reconstituir os dois últimos números de seu número de telefone... 73. De modo que, na posse da lista de casas "retocadas", foi fácil procurar e encontrar no anuário telefônico, assim que cheguei a Paris esta manhã, às onze horas, o nome e o endereço do sr. Félix Davey. Conhecidos o nome e o endereço, pedi ajuda ao sr. Ganimard.

– Admirável! De primeira ordem! Preciso me curvar ao senhor. Mas o que não entendo é como pegou o trem do Havre. Como fez para fugir do *Andorinha*?

– Não fugi.

– Mas...

– O senhor ordenou que o capitão chegasse a Southampton à uma hora da manhã. Fui desembarcado à meia-noite. Então pude pegar o navio para o Havre.

– O capitão me traiu? É inadmissível.

– Ele não o traiu.

– Então?

– Foi seu relógio.

– Seu relógio?

– Sim, seu relógio, que adiantei uma hora.

– Como?

– Como adiantamos um relógio, girando o ponteiro. Estávamos conversando, sentados um ao lado do outro, eu contava histórias que o interessavam... enfim, ele não percebeu nada.

– Bravo, bravo, belo golpe, não vou esquecê-lo. Mas e o pêndulo, que estava na parede da cabine?

– Ah, o pêndulo foi mais difícil, pois eu estava com as pernas amarradas, mas o marujo que me vigiava durante as ausências do capitão aceitou dar uma empurrada nos ponteiros.

– Ele? Ora essa? Aceitou...?

– Oh, ignorava a importância de seu ato! Disse-lhe que precisava a todo custo pegar o primeiro trem para Londres e... ele se deixou convencer...

– Em troca...

– De um pequeno presente... que o excelente homem, aliás, pretende lealmente entregar ao senhor.

– Que presente?

– Uma ninharia.

– Mas o quê?

– O diamante azul.

– O diamante azul!

– Sim, o falso, que o senhor colocou no lugar do diamante da condessa e que ela me confiou...

Houve uma explosão de gargalhadas, súbita e tumultuosa. Lupin se acabava de rir, os olhos cheios de lágrimas.

– Deus, como é engraçado! Meu falso diamante entregue ao marujo! E o relógio do capitão! E os ponteiros do pêndulo!

Sholmes nunca antes sentira com tanta violência a luta entre Lupin e ele. Com seu instinto prodigioso, adivinhava, sob essa alegria excessiva, uma incrível concentração de pensamentos, como uma reunião de todas as faculdades mentais.

Pouco a pouco, Lupin se aproximou. O inglês recuou e, distraidamente, levou os dedos ao bolso do relógio.

– São três horas, sr. Lupin.

– Três horas, já? Que pena...! Estávamos nos divertindo tanto!

– Aguardo sua resposta.

– Minha resposta? Meu Deus, como o senhor é exigente! Então chegamos ao fim de nosso jogo. Em troca, minha liberdade!

– Ou o diamante azul.

– Que seja... jogue primeiro. O que vai fazer?

– Eu jogo o rei – disse Sholmes, dando um tiro de revólver.

– E eu marco o ponto – emendou Arsène, desferindo um soco na direção do inglês.

Sholmes atirara para cima, para chamar Ganimard, cuja intervenção lhe parecia urgente. Mas o punho de Arsène atingiu em cheio o estômago de Sholmes, que empalideceu e perdeu o equilíbrio. Num pulo, Lupin chegou à lareira e a placa de mármore começou a se mover... tarde demais! A porta se abriu.

– Renda-se, Lupin. Senão...

Ganimard, postado sem dúvida mais perto do que Lupin acreditara, estava ali, o revólver apontando para ele. E atrás de Ganimard, dez homens, vinte homens se empurravam, daqueles brutamontes enormes e sem escrúpulos, que o teriam abatido como um cão ao menor sinal de resistência.

Ele fez um gesto, muito calmo.

– Abaixem as patas! Eu me rendo.

E cruzou os braços em frente ao peito.

Houve uma espécie de estupor. No aposento despojado de móveis e cortinas, as palavras de Arsène Lupin se prolongavam como um eco. "Eu me rendo!" Palavras inacreditáveis! Esperava-se que ele sumisse de repente por um alçapão, ou que uma parede desabasse à sua frente e mais uma vez o esquivasse de seus agressores. E ele se rendia!

Ganimard avançou e, muito comovido, com toda a gravidade envolvida em tal ato, lentamente colocou a mão sobre seu adversário e teve a felicidade infinita de dizer:

– Está preso, Lupin.

– Brrr – estremeceu Lupin –, o senhor me dá arrepios, meu bom Ganimard. Que ar mais lúgubre! Parece estar sobre o túmulo de um amigo. Vamos, não faça essa cara de enterro.

– Está preso.

– E isso o surpreende? Em nome da lei de que é o fiel executor, Ganimard, inspetor-chefe, prende o malvado Lupin. Momento histórico, do qual o senhor percebe toda a importância... e é a segunda vez que isso acontece. Bravo, Ganimard, irá longe em sua carreira!

E ofereceu os punhos às algemas de aço.

Foi um acontecimento que se produziu de maneira um tanto solene. Os agentes, apesar de sua habitual brusquidão e do tamanho de seu ressentimento contra Lupin, agiam com reserva, surpresos que lhes fosse permitido tocar naquele ser intangível.

– Meu pobre Lupin – ele suspirou –, o que diriam seus amigos do bairro nobre se o vissem assim humilhado?

Afastou os pinhos com um esforço progressivo e contínuo de todos os seus músculos. As veias de sua testa saltaram. As argolas da algema penetraram em sua pele.

– Vamos – ele disse.

A algema arrebentou, quebrada.

– Outra, camaradas, esta não vale nada.

Passaram-lhe duas. Ele aprovou:

– Perfeito! Melhor tomar todas as precauções.

Depois, contando os agentes:

– Quantos vocês são, meus amigos? Vinte e cinco? Trinta? Muitos... não há nada que eu possa fazer. Ah, se tivessem sido apenas quinze!

Ele realmente tinha distinção, uma distinção de grande ator que desempenha seu papel por instinto e inspiração, com impertinência e leveza. Sholmes assistia, como assistimos a um belo espetáculo de que sabemos apreciar todas as belezas e nuances. E realmente, ele teve a estranha impressão de que a luta era desigual entre aqueles trinta homens de um lado, sustentados por todo o formidável aparato judicial, e, do outro, aquela criatura solitária, sem armas e algemado. Os dois lados se equivaliam.

– Muito bem, mestre – disse-lhe Lupin –, eis sua obra. Graças ao senhor, Lupin apodrecerá na palha úmida das masmorras. Confesse que sua consciência não está absolutamente tranquila, e que o remorso o invade.

O inglês encolheu os ombros, como se dissesse "Estava tudo em suas mãos...".

– Nunca! Nunca! – exclamou Lupin. – Devolver-lhe o diamante azul? Ah, não! Ele me deu muito trabalho. Estou muito apegado a ele. Na primeira visita que eu tiver a honra de lhe fazer em Londres, no mês que vem, sem dúvida, explicarei minhas razões... Mas o senhor estará em Londres, mês que vem? Prefere Viena? São Petersburgo?

Ele teve um sobressalto. No teto, subitamente, soava uma campainha. E não era mais a campainha de alarme, mas do telefone, cujos fios levavam a seu gabinete, entre as duas janelas, e cujo aparelho não fora retirado.

O telefone! Ah, quem cairia na armadilha de um abominável acaso! Arsène teve um reflexo de raiva na direção do aparelho, como se quisesse quebrá-lo, despedaçá-lo, e, assim, abafar a voz misteriosa que pedia para falar com ele. Mas Ganimard atendeu e se curvou.

– Alô... alô... Número 648-73... Sim, é aqui.

Vivamente, com autoridade, Sholmes o afastou, pegou o receptor e colocou seu lenço sobre o transmissor para tornar o som de sua voz indistinto.

Nesse momento, ergueu os olhos para Lupin. E o olhar que eles trocaram provou-lhes que ambos haviam pensado a mesma coisa, e que ambos previam até as últimas consequências daquela hipótese possível, provável, quase certa: era mulher loira que telefonava. Julgava telefonar a Félix Davey, ou melhor, a Maxime Bermond, e seria com Sholmes que conversaria!

E o inglês disse pausadamente:

– Alô...! Alô...!

Silêncio. E Sholmes:

– Sim, sou eu, Maxime.

Imediatamente, o drama se desenhou, com trágica precisão. Lupin, o indomável e zombeteiro Lupin, não pensava sequer em esconder sua ansiedade e, com o rosto pálido de angústia, se esforçava para ouvir, adivinhar. Sholmes continuou, em resposta à voz misteriosa:

– Alô... Alô... Sim, está tudo terminado, eu me preparava justamente para ir a seu encontro, como combinado... Onde? No lugar onde você está. Não acha que aí...

Ele hesitou, procurando as palavras, depois parou. Estava claro que tentava interrogar a jovem sem dizer muito de si mesmo e que ignorava inteiramente onde ela estava. Além disso, a presença de Ganimard parecia incomodá-lo... Ah, se algum milagre pudesse cortar o fio daquela conversa diabólica! Lupin o invocava com todas as suas forças, com todos os seus nervos!

Sholmes disse:

– Alô...! Alô...! Não está me ouvindo...? Eu também não... Muito mal... Mal consigo distinguir... Está me ouvindo? Bem então... Pensando bem... É melhor que você volte para casa...

– Que perigo? Nenhum...

– Mas ele está na Inglaterra! Recebi uma mensagem de Southampton, confirmando sua chegada.

A ironia daquelas palavras! Sholmes pronunciou-as com um prazer inigualável. E acrescentou:

– Portanto, não perca tempo, querida amiga, vou a seu encontro.

E desligou o aparelho.

– Sr. Ganimard, gostaria de lhe pedir três homens.

– Para a mulher loira, não é mesmo?

– Sim.

– Sabe quem ela é, onde está?

– Sim.

– Ah! Bela captura. Com Lupin... o dia está completo. Folenfant, leve dois homens e acompanhe o sr. Sholmes.

O inglês se afastou, seguido dos três agentes.

Era o fim. A mulher loira também cairia nas mãos de Sholmes. Graças à sua admirável obstinação, graças à cumplicidade de acontecimentos ditosos, a batalha acabava para ele em vitória, para Lupin, em desastre irreparável.

– Sr. Sholmes!

O inglês se deteve.

– Sr. Lupin?

Lupin parecia profundamente abalado por esse último golpe. Rugas marcavam sua testa. Estava cansado e triste.

Endireitou-se, no entanto, num sobressalto de energia. E apesar de tudo, exclamou, alegre e descontraído:

– O senhor há de convir que o destino se voltou contra mim. Há pouco, impediu-me de fugir pela lareira e me entregou ao senhor. Agora, utiliza o telefone para presenteá-lo com a mulher loira. Curvo-me diante dele.

– O que isso significa?

– Significa que estou pronto a reabrir as negociações.

Sholmes puxou o inspetor à parte e solicitou, num tom que não admitia réplica, autorização para trocar algumas palavras com Lupin. Depois, voltou até este. Colóquio supremo! Começou num tom seco e nervoso.

– O que quer?

– A liberdade da srta. Destange.

– Sabe o preço?

– Sim.

– E aceita?

– Aceito todas as suas condições.

– Ah! – exclamou o inglês, espantado. – Mas... o senhor recusou... para si mesmo...

– Tratava-se de mim, sr. Sholmes. Agora, trata-se de uma mulher... e de uma mulher que amo. Na França, veja bem, temos ideias muito particulares sobre essas coisas. E não é porque nos chamamos Lupin que agimos diferente... pelo contrário!

Disse isso com toda calma. Sholmes inclinou a cabeça imperceptivelmente e murmurou:

– E o diamante azul?

– Pegue minha bengala, ali, ao lado da lareira. Aperte o castão com uma mão e, com a outra, gire o aro de ferro na ponta oposta do bastão.

Sholmes pegou a bengala e girou o aro e, com isso, percebeu que o castão se soltava. Dentro desse castão havia uma bola de argamassa. Dentro dessa bola, um diamante.

Ele o examinou. Era o diamante azul.

– A srta. Destange está livre, sr. Lupin.

– Livre tanto no futuro quanto no presente? Nada tem a temer do senhor?

– Nem de ninguém?

– Não importa o que aconteça?

– Não importa o que aconteça. Esqueci seu nome e seu endereço.

– Obrigado. E até logo. Pois voltaremos a nos ver, não é mesmo, sr. Sholmes?

– Não tenho dúvida.

Houve, entre o inglês e Ganimard, uma conversa bastante animada que Sholmes encerrou com certa brusquidão.

– Lamento muito, sr. Ganimard, não ser da mesma opinião. Mas não tenho tempo de convencê-lo. Parto para a Inglaterra em uma hora.

– Mas... e a mulher loira...?

– Não conheço essa pessoa.

– Mas há pouco...

– É pegar ou largar. Já lhe entreguei Lupin. Aqui está o diamante azul... que o senhor terá o prazer de entregar pessoalmente à condessa de Crozon. Parece-me que não pode se queixar.

– Mas e a mulher loira?

– Encontre-a.

Ele enfiou o chapéu na cabeça e saiu com pressa, como um senhor que não tem o costume de se demorar quando seus negócios chegaram ao fim.

– Boa viagem, mestre – gritou Lupin. – E saiba que nunca esquecerei as cordiais relações que mantivemos. Meus cumprimentos ao sr. Wilson.

Não obteve nenhuma resposta e riu:

– É o que chamo de sair à inglesa. Ah! O digno ilhéu não tem a fina flor de cortesia que nos distingue. Pense um pouco, Ganimard, na saída que um francês teria efetuado em iguais circunstâncias, sob que refinamentos de civilidade teria ornado seu triunfo...! Mas, Deus me perdoe, Ganimard, o que está fazendo? Ora, uma busca? Mas não restou mais nada, meu pobre amigo, nem um mísero papel. Meus arquivos estão em local seguro.

– Quem sabe! Quem sabe!

Lupin se resignou. Segurado por dois inspetores, cercado por todos os outros, assistiu pacientemente a diversas operações. Ao cabo de vinte minutos, porém, suspirou:

– Vamos, Ganimard, isso não acaba mais.

– Está com pressa?

– Sim, estou com pressa! Tenho um encontro urgente!

– Na Central?

– Não, na cidade.

– Ora! E a que horas?

– Às duas horas.

– São três.

– Justamente, chegarei atrasado, e não há nada que eu deteste mais do que chegar atrasado.

– Dê-me cinco minutos.

– Nenhum a mais.

– Muito gentil... Vou tentar...

– Não fale tanto... De novo o armário? Mas está vazio!

– Mas contém algumas cartas.

– Velhas faturas!

– Não, um maço amarrado com uma fita.

– Uma fita rosa? Ah, Ganimard, não abra, pelo amor de Deus!

– É de uma mulher?

– Sim.

– Uma mulher da sociedade?

– Da melhor.

– Seu nome?

– Sra. Ganimard.

– Muito engraçado! Muito engraçado! – exclamou o inspetor, num tom ofendido.

Nesse momento, os homens enviados aos outros aposentos anunciaram que as buscas não haviam dado em nada. Lupin começou a rir.

– Céus! O senhor esperava encontra a lista de meus camaradas, ou a prova de minhas relações com o imperador da Alemanha? O que deveria procurar, Ganimard, são os pequenos mistérios deste apartamento. Esse duto de gás é um tubo acústico. Essa lareira contém uma escada. Essa parede é oca. E a confusão de campainhas! Veja, Ganimard, aperte esse botão...

Ganimard obedeceu.

– Não ouve nada? – perguntou Lupin.

– Não.

– Eu também não. No entanto, o senhor ordenou o comandante de meu parque aerostático que prepare o balão dirigível que logo nos levará pelos ares.

– Vamos – disse Ganimard, que havia terminado sua inspeção. – Chega de tolices. A caminho!

Ele deu alguns passos, os homens o seguiram.

Lupin não saiu do lugar.

Os guardas o empurraram. Em vão.

– Então se recusa a caminhar? – perguntou Ganimard.

– Nem um pouco.

– Nesse caso...

– Mas depende.

– Do quê?

– Do lugar para onde me levará.

– Para a Central, diabos.

– Então não. Não tenho nada a fazer na Central.

– O senhor enlouqueceu?

– Não lhe avisei que tinha um compromisso urgente?

– Lupin!

– Ganimard, a mulher loira aguarda minha visita e o senhor me considera grosseiro a ponto de deixá-la preocupada? Seria indigno de um homem galante.

– Escute, Lupin – disse o inspetor, que começava a se irritar com aquela zombaria –, até agora fui excessivamente atencioso com o senhor. Mas tudo tem limite. Siga-me.

– Impossível. Tenho um encontro, e irei a esse encontro.

– Pela última vez...

– Im-pos-sí-vel.

Ganimard fez um sinal. Dois homens levantaram Lupin pelos braços, mas o largaram na mesma hora, com um gemido de dor: com suas mãos, Arsène enfiara duas longas agulhas na carne deles.

Furiosos, os outros se precipitaram, seu ódio enfim desencadeado, ansiosos para vingar os camaradas e a si mesmos de tantas afrontas, golpearam e bateram à vontade. Um soco mais violento atingiu-o na têmpora. Ele caiu.

– Se o danificarem – reclamou Ganimard, furioso –, terão que se haver comigo.

Ele se inclinou para verificar se precisava de cuidados. Constatando, porém, que respirava livremente, ordenou que o pegassem pelos pés e pela cabeça, enquanto ele mesmo o seguraria pela lateral.

– Vamos, cuidadosamente... Sem solavancos... Ah, brutamontes, vocês o teriam matado. Ah, Lupin, como está?

Lupin abria os olhos. Balbuciou:

– Nada bem, Ganimard... o senhor permitiu que me desancassem.

– Culpa sua, ora! Com sua teimosia... – respondeu Ganimard, desolado. – Está com dor?

Saíram do apartamento. Lupin gemeu:

– Ganimard... o elevador... Eles vão quebrar meus ossos...

– Boa ideia, excelente ideia – aprovou Ganimard. – A escada, aliás, é tão estreita... Não haveria como...

Ele chamou o elevador. Lupin foi colocado no assento com todo tipo de precaução. Ganimard instalou-se perto dele e disse a seus homens:

– Desçam também. Esperem na frente da cabine da zeladora. Entenderam?

Puxou a porta. Mas antes que se fechasse completamente, ouviram-se gritos. De repente, o elevador subira como um balão do qual cortaram o cabo. Uma gargalhada ecoou, sardônica.

– Maldição...! – gritou Ganimard, procurando freneticamente na penumbra o botão de descida.

Como não o encontrava, gritou:

– Quinto andar! Vigiem a porta do quinto andar!

De quatro em quatro degraus por vez, os agentes subiram a escada. Mas um fato estranho se produziu: o elevador pareceu furar o teto do último andar, desapareceu sob os olhos dos agentes, emergiu de repente no andar superior, dos criados, e parou. Três homens à espreita abriram a porta. Dois dominaram Ganimard, que, contido em seus movimentos, atordoado, não pensou em se defender. O terceiro levou Lupin.

– Avisei-o, Ganimard... Retirada em balão... e graças ao senhor! Da próxima vez, seja menos compassivo. E acima de tudo, lembre-se que Arsène Lupin não se deixa bater e espancar sem sérias razões. Adeus...

A cabine já se fechara e o elevador, com Ganimard, enviado para os andares inferiores. E tudo foi executado com tanta rapidez que o velho policial alcançou os agentes perto da cabine da zeladora.

Sem nem abrir a boca, eles atravessaram o pátio a toda velocidade e subiram a escada de serviço, única maneira de chegar ao andar dos criados, por onde a fuga ocorrera.

Um longo corredor com várias curvas em cotovelo e cheio de pequenos quartos numerados conduzia a uma porta que estava simplesmente aberta. Do outro lado dessa porta, e consequentemente no outro prédio, partia outro corredor, igualmente anguloso e cheio de quartos numerados. Bem no fim, uma escada de serviço. Ganimard a desceu, atravessou um pátio, um vestíbulo e se precipitou numa rua, a Rue Picot. Então entendeu: os dois prédios, construídos em profundidade, se tocavam, e suas fachadas davam para duas ruas, não perpendiculares, mas paralelas e distantes uma da outra em mais de sessenta metros.

Ele entrou na cabine da zeladora e, mostrando seu distintivo, perguntou:

– Quatro homens acabaram de passar?

– Sim, os dois criados do quarto e do quinto, e dois amigos.

– Quem mora no quarto e no quinto?

– Os Fauvel e seus primos Provost... mudaram-se hoje. Restavam apenas os dois criados... que acabam de partir.

"Ah!", suspirou Ganimard, desabando numa poltrona da cabine, "que belo golpe perdemos! O bando inteiro ocupava esse quarteirão."

Quarenta minutos depois, dois senhores chegavam de carro à Gare du Nord e corriam até o expresso de Calais, seguidos por um carregador que levava suas malas.

Um deles tinha o braço numa tipoia, e seu rosto pálido não parecia saudável. O outro parecia bem-humorado.

– Rápido, Wilson, não podemos perder o trem... Ah, Wilson, nunca esquecerei desses dez dias.

– Eu também não.

– Que belos confrontos!

– Magníficos.

– Apenas umas pequenas dificuldades, aqui e ali.

– Bem pequenas.

– E por fim, o triunfo total. Lupin preso! O diamante azul recuperado!

– Meu braço quebrado.

– Quando se trata de tais satisfações, o que importa um braço quebrado?

– Sobretudo o meu.

– Exato! Lembre-se, Wilson, foi quando você estava na farmácia, sofrendo como um herói, que descobri o fio que me guiou nas trevas.

– Que grande sorte!

As portas se fechavam.

– Para o vagão, por favor. Rápido, senhores.

O carregador subiu os degraus de um compartimento vazio e deixou as malas porta-bagagens, enquanto Sholmes puxava o desafortunado Wilson.

– Mas o que tem, Wilson? Você não para com isso... Força, velho camarada!

– Não é força que me falta.

– O que, então?

– Só tenho uma mão disponível.

– Ora! – exclamou Sholmes alegremente. – Essa é boa. Até parece que é o único nesse estado! E os pinguins? Os pinguins de verdade? Vamos, pronto, não é tão ruim...

Ele estendeu ao carregador uma moeda de cinquenta centavos.

– Obrigado, meu amigo. Isto é para você.

– Obrigado, sr. Sholmes.

O inglês ergueu os olhos: Arsène Lupin.

– O senhor...! O senhor...! – balbuciou, estupefato.

Wilson gaguejou, brandindo sua única mão com os gestos de alguém que demonstra um fato:

– O senhor! O senhor! Mas o senhor foi preso! Sholmes me contou. Quando ele o deixou, Ganimard e seus trinta agentes o cercavam...

Lupin cruzou os braços e disse, num ar indignado:

– Então vocês acharam que eu os deixaria partir sem me despedir? Depois das excelentes relações de amizade que nunca deixamos de ter uns com os outros! Seria uma grande indelicadeza. Por quem me tomam?

O trem apitava.

– Enfim, estão perdoados... Mas têm tudo de que precisam? Fumo, fósforos... sim... e os jornais vespertinos? Neles encontrarão os detalhes de minha prisão, sua última façanha, mestre. E agora me despeço. Encantado de conhecê-los... realmente encantado! E se precisarem de mim, ficarei muito feliz...

Ele pulou para a plataforma e fechou a porta do vagão.

– Adeus – disse mais uma vez, agitando o lenço. – Adeus... escreverei... vocês também, não é mesmo? E seu braço quebrado, sr. Wilson? Aguardo notícias dos dois... Um cartão-postal de tempos em tempos... O endereço: Lupin, Paris... é suficiente... Não precisa selar... Adeus... Até logo...

Segundo episódio

A LAMPARINA JUDAICA

Capítulo 1

Herlock Sholmes e Wilson estavam sentados à direita e à esquerda da grande lareira, os pés esticados na direção de um confortável fogo de carvão.

O cachimbo de Sholmes, de raiz de urze com um anel de prata, se apagou. Ele bateu as cinzas, encheu-o novamente, acendeu-o, cobriu os joelhos com as laterais do roupão e deu longas baforadas, que se esforçava em lançar para o teto em pequenos anéis de fumaça.

Wilson o observava. Ele o observava como o cão deitado no tapete da lareira olha para seu dono, com olhos bem abertos, que não piscam, sem outra esperança que a de responder ao gesto esperado. O mestre romperia o silêncio? Revelaria o segredo de seu devaneio atual e o admitiria no reino de meditação cuja entrada parecia proibida a Wilson?

Sholmes se mantinha calado.

Wilson arriscou:

– Os tempos estão calmos. Nenhum caso para nos ocupar.

Sholmes calou-se ainda mais profundamente, seus anéis de fumaça se tornavam cada vez mais perfeitos, e qualquer outra pessoa que não Wilson teria observado que obtinha disso a profunda satisfação dos pequenos êxitos de amor-próprio nas horas em que o cérebro está completamente vazio de pensamentos.

Wilson, desanimado, se levantou e se aproximou da janela.

A triste rua se estendia entre as fachadas melancólicas dos prédios, sob um céu escuro do qual caía uma chuva mesquinha e raivosa. Um táxi passou, depois mais outro. Wilson escreveu seus números em sua caderneta. Nunca se sabe.

– Ora – ele exclamou –, o carteiro.

O homem entrou, conduzido pelo criado.

– Duas cartas registradas, senhor... Poderia assinar?

Sholmes assinou o registro, acompanhou o homem até a porta e voltou, abrindo uma das cartas.

– Você parece bem satisfeito – observou Wilson, após um instante.

– Esta carta contém uma proposta muito interessante. Você queria um caso, aqui está ele. Leia.

Wilson leu:

Senhor,

Venho pedir-lhe o socorro de sua experiência. Fui vítima de um roubo importante e as buscas realizadas até o momento parecem não dar em nada.

Envio-lhe junto com esta carta alguns jornais que o informarão sobre o caso e, se decidir aceitá-lo, coloco minha casa à sua disposição e rogo que preencha o cheque anexo, assinado por mim, com a quantia que quiser determinar para seus gastos de deslocamento.

Queira fazer a gentileza de me telegrafar sua resposta e receba, senhor, os votos de minha mais elevada consideração.

Barão Victor d'Imblevalle, Rue Murillo, 18.

– Ah! – exclamou Sholmes. – Eis algo que se anuncia muito bem... uma pequena viagem a Paris, por que não? Depois de meu famoso duelo com Arsène Lupin, não tive ocasião de voltar. Não seria ruim rever a capital do mundo em condições um pouco mais tranquilas.

Rasgou o cheque em quatro pedaços e, enquanto Wilson, cujo braço não havia recuperado a antiga flexibilidade, pronunciava palavras amargas contra Paris, abriu o segundo envelope.

Imediatamente, um gesto de irritação lhe escapou, uma ruga vincou sua testa durante toda a leitura e, amassando o papel, ele o transformou numa bola e o atirou violentamente no chão.

– O que foi? O que aconteceu? – perguntou Wilson, assustado.

Ele juntou a bola, desamassou-a e leu, com crescente estupor:

> *Meu caro Mestre,*
> *Conhece a admiração que nutro pelo senhor e o interesse que sinto por seu renome. Pois bem, acredite, não aceite o caso para o qual solicitam seu auxílio. Sua intervenção causaria muitos problemas, todos os seus esforços produziriam um resultado lamentável e o senhor seria obrigado a admitir publicamente seu fracasso.*
> *Profundamente desejoso de poupá-lo de tal humilhação, suplico-lhe, em nome da amizade que nos une, que permaneça tranquilamente em frente à sua lareira.*
> *Minhas lembranças ao sr. Wilson, e para o senhor, meu caro Mestre, a respeitosa homenagem de seu devotado*
> *Arsène Lupin.*

– Arsène Lupin – repetiu Wilson, confuso...

Sholmes começou a dar socos na mesa.

– Ah, mas esse animal começa a me incomodar! Zomba de mim como de uma criança! A admissão pública de meu fracasso! Não o obriguei a devolver o diamante azul?

– Ele está com medo – insinuou Wilson.

– Está dizendo tolices! Arsène Lupin nunca tem medo, prova é que me provoca.

– Mas como tem conhecimento da carta enviada pelo barão d'Imblevalle?

– Como vou saber? Faz perguntas estúpidas, meu caro!

– Pensei... Imaginei...

– O quê...? Que sou feiticeiro?

– Não, mas já o vi realizar tantos prodígios!

– Ninguém realiza prodígios... Muito menos eu. Reflito, deduzo, concluo, mas não adivinho. Só os imbecis adivinham.

Wilson assumiu a postura modesta de um cão espancado e tentou, para não ser um imbecil, não adivinhar por que Sholmes percorria o aposento com passadas largas e irritadas. Mas tendo Sholmes chamado o criado pela campainha e solicitado sua mala, Wilson se sentiu no direito, devido a esse fato material, de refletir, deduzir e concluir que o mestre partia em viagem.

A mesma operação mental lhe permitiu afirmar, como um homem que não teme o erro:

– Herlock, você vai a Paris.

– É possível.

– E vai mais para responder à provocação de Lupin do que para ajudar o barão d'Imblevalle.

– É possível.

– Herlock, eu o acompanho.

– Ah, velho amigo! – exclamou Sholmes, interrompendo sua caminhada. – Não teme que seu braço esquerdo tenha o mesmo destino de seu braço direito?

– O que pode me acontecer? Você estará lá.

– Ótimo, você está em boa forma! E mostraremos a esse senhor que ele talvez tenha errado em nos desafiar com tanto descaramento. Rápido, Wilson, nos encontramos no primeiro trem.

– Sem esperar os jornais enviados pelo barão?

– Para quê?

– Envio um telegrama?

– Inútil, Arsène Lupin saberia de minha chegada. Não quero que isso aconteça. Dessa vez, Wilson, agiremos com cautela.

À tarde, os dois amigos embarcavam em Dover. A travessia foi excelente. No expresso de Calais a Paris, Sholmes se permitiu três horas do sono mais profundo, enquanto Wilson ficava de guarda na porta do compartimento e meditava, o olhar perdido.

Sholmes acordou bem-humorado e disposto. A perspectiva de um novo duelo com Arsène Lupin o encantava, e ele esfregou as mãos com o ar satisfeito de um homem que se prepara para experimentar fartas alegrias.

– Finalmente vamos desenferrujar! – exclamou Wilson.

E esfregou as mãos com o mesmo ar satisfeito.

Na estação, Sholmes pegou os casacos e, seguido por Wilson, que carregava as malas – cada um seu fardo –, entregou os bilhetes e saiu alegremente.

– Lindo dia, Wilson... Sol...! Paris está em festa para nos receber.

– Que multidão!

– Melhor assim, Wilson! Não corremos o risco de ser notados. Ninguém nos reconhecerá no meio dessa multidão!

– Sr. Sholmes, não é mesmo?

Ele parou, um tanto desconcertado. Quem podia chamá-lo assim pelo nome, diabos?

Uma mulher estava a seu lado, uma jovem com uma roupa muito simples que destacava sua silhueta distinta e com um rosto bonito de expressão inquieta e sofrida.

Ela repetiu:

– É mesmo o sr. Sholmes?

Como ele se mantinha calado, tanto por estupor quanto por um hábito de prudência, ela repetiu uma terceira vez:

– É com o sr. Sholmes que tenho a honra de falar?

– O que quer? – ele disse, bastante ríspido, suspeitando daquele encontro.

Ela se plantou à frente dele.

– Escute, senhor, é muito grave, sei que vai para a Rue Murillo.

– O que disse?

– Eu sei... Eu sei... Rue Murillo... número 18. Pois bem, não deve ir... não, o senhor não deve ir... Garanto-lhe que se arrependerá. Se digo isso, não pense que é porque tenho algum interesse no assunto. É por boas razões, e com toda consciência.

Ele tentou afastá-la, ela insistiu:

– Oh, por favor, não seja teimoso... Ah, se seu soubesse como convencê-lo! Olhe para mim, bem fundo nos meus olhos... são sinceros... dizem a verdade.

Ela oferecia seus olhos desesperadamente, belos olhos graves e límpidos onde a própria alma parecia se refletir. Wilson balançou a cabeça:

– A senhorita parece sincera.

– Claro que sim – ela implorou –, e vocês precisam confiar em mim...

– Confio, senhorita – replicou Wilson.

– Ah, como fico feliz! E seu amigo também, não é mesmo? Sinto que sim... tenho certeza! Que alegria! Tudo vai se arranjar...! Ah, que boa ideia que tive...! Veja, senhor, há um trem para Calais em vinte minutos... Então pegue-o... Rápido, siga-me... Fica para esse lado, só há tempo para...

Ela tentava puxá-lo. Sholmes agarrou seu braço e, numa voz que tentou tornar a mais doce possível, disse:

– Desculpe não poder realizar seu desejo, senhorita, mas nunca abandono um trabalho iniciado.

– Suplico-lhe... Suplico-lhe... Ah, se pudesse entender!

Ele seguiu em frente e se afastou rapidamente.

Wilson disse à jovem:

– Não perca a esperança... Ele irá até o fim... Não há vez que tenha fracassado.

E alcançou Sholmes correndo.

HERLOCK SHOLMES – ARSÈNE LUPIN

Foram recebidos por essas palavras, que se destacavam em grandes letras pretas, ao dar os primeiros passos fora da estação. Aproximaram-se. Alguns homens-sanduíche, uns atrás dos outros, perambulavam carregando pesadas bengalas de ferro com que batiam a calçada compassadamente e, nas costas, enormes cartazes onde era possível ler:

> O CONFRONTO HERLOCK SHOLMES – ARSÈNE LUPIN. CHEGADA DO CAMPEÃO INGLÊS. O GRANDE DETETIVE ENFRENTA O MISTÉRIO DA RUE MURILLO. LEIA OS DETALHES NO *ÉCHO DE FRANCE*.

Wilson balançou a cabeça:

– E nós que nos vangloriávamos de agir incógnitos, Herlock! Não ficarei surpreso se a guarda republicana estiver à nossa espera na Rue Murillo, e se houver uma recepção oficial, com brindes e champanhe.

– Quando decide ser espirituoso, Wilson, você vale por dois – resmungou Sholmes.

Ele se dirigiu a um desses homens com a clara intenção de pegá-lo com suas mãos potentes e reduzi-lo a migalhas, ele e seu cartaz. A multidão, no entanto, se amontoava em torno dos cartazes, zombando e rindo.

Reprimindo um furioso acesso de raiva, ele disse ao homem:

– Quando foram contratados?

– Hoje de manhã.

– Quando começaram a caminhar...?

– Há uma hora.

– Os cartazes já estavam prontos?

– Ah, sim senhor... Quando chegamos à agência, de manhã, estavam lá.

Assim, Arsène Lupin havia previsto que ele, Sholmes, aceitaria a batalha. Mais do que isso, a carta escrita por Lupin provava que ele desejava essa batalha, e que estava em seus planos medir-se mais uma vez com seu rival. Por quê? Que motivo o levava a retomar a luta?

Herlock teve um segundo de hesitação. Lupin devia estar realmente seguro da vitória para demonstrar tamanha insolência. Acorrer ao primeiro chamado não seria cair na armadilha?

– Vamos, Wilson. Cocheiro, Rue Murillo, número 18 – exclamou, num impulso de energia.

E com as veias saltadas, os punhos fechados como se fosse iniciar uma luta de boxe, pulou para dentro do coche.

A Rue Murillo é circundada por luxuosas mansões particulares com a fachada posterior voltada para o parque

Monceau. Uma das mais belas casas se ergue no número 18, e o barão d'Imblevalle, que ali vive com a mulher e os filhos, mobiliou-a de maneira suntuosa, como artista e milionário que era. Um pátio precede o palacete, e instalações de serviço o margeiam à direita e à esquerda. Nos fundos, um jardim mistura os galhos de suas árvores às do parque.

Após tocar a campainha, os ingleses atravessaram o pátio e foram recebidos por um criado que os conduziu a um pequeno salão situado na outra fachada.

Sentaram-se e passaram rapidamente os olhos pelos objetos preciosos que enchiam aquele salão.

– Bonitas coisas – murmurou Wilson –, bom gosto e imaginação... Podemos deduzir que os que tiveram tempo de encontrar esses objetos são pessoas de certa idade... Cinquenta anos, talvez...

Não concluiu a frase. A porta se abrira e o sr. d'Imblevalle entrou, seguido pela mulher.

Contrariamente às deduções de Wilson, os dois eram jovens, de aparência elegante, e muito vivazes nos gestos e nas palavras. Ambos se perderam em agradecimentos.

– É muita gentileza! Tanto incômodo! Estamos quase felizes com os problemas que nos acometem, pois nos proporcionam o prazer...

"Que encantadores esses franceses!", pensou Wilson, que não fugia de uma observação profunda.

– Mas tempo é dinheiro – exclamou o barão. – O seu, principalmente, sr. Sholmes. Assim direto ao ponto! O que pensa do caso? Espera resolvê-lo?

– Para resolvê-lo, preciso primeiro conhecê-lo.

– Não o conhece?

– Não, e peço-lhe que me explique tudo minuciosamente e sem omitir nada. De que se trata?

– Trata-se de um roubo.

– Que dia ocorreu?

– Sábado passado – respondeu o barão –, na noite de sábado para domingo.

– Há seis dias, portanto. Agora sou todo ouvidos.

– Em primeiro lugar, é preciso dizer, senhor, que minha mulher e eu, ainda que absolutamente adaptados ao tipo de vida que nossa situação exige, saímos pouco. A educação de nossos filhos, algumas recepções e o embelezamento de nosso lar, esta é nossa vida, e todas as nossas noites, ou quase, se passam aqui, neste aposento que é o toucador de minha mulher e no qual reunimos alguns objetos de arte. Sábado passado, então, por volta das onze horas, apaguei a eletricidade e, minha mulher e eu, nos retiramos como de hábito para nosso quarto.

– Que fica...?

– Ao lado, atrás dessa porta que o senhor está vendo. No dia seguinte, isto é, domingo, levantei cedo. Como Suzanne, minha mulher, ainda dormia, entrei nesse toucador o mais silenciosamente possível, para não acordá-la. Qual não foi minha surpresa ao constatar que esta janela estava aberta, embora, na noite da véspera, a tivéssemos deixado fechada!

– Um criado...

– Ninguém entra aqui de manhã antes que tenhamos chamado. De resto, sempre tomo a precaução de travar o ferrolho dessa segunda porta, que se comunica com a antecâmara. Portanto, a janela foi aberta por fora. Obtive a prova disso, aliás, no segundo vidro da janela da direita, perto da tranca, que fora retirado.

– E essa janela...?

– Essa janela, como o senhor pode ver, dá para um pequeno terraço com um balcão de pedra. Estamos no primeiro andar e o senhor pode ver o jardim que fica atrás da casa e o portão que o separa do parque Monceau. Não resta dúvida, portanto, que o homem veio pelo parque Monceau, pulou o portão com a ajuda de uma escada e subiu até o terraço.

– Não resta dúvida, o senhor disse?

– Encontramos de cada lado do portão, na terra macia dos canteiros, buracos deixados pelas pernas da escada, e os dois mesmos buracos na parte de baixo do terraço. O balcão, por fim, tem dois leves arranhões, evidentemente causados pelo contato das pernas.

– O parque Monceau não fica fechado à noite?

– Fechado, não, mas em todo caso, há uma obra no número 14. Seria fácil entrar por ali.

Herlock Sholmes refletiu por alguns momentos e continuou:

– Chegamos ao roubo. Ele teria sido cometido no aposento em que estamos?

– Sim. Havia, entre essa Virgem do século XII e esse tabernáculo de prata cinzelada, uma pequena lamparina judaica. Ela desapareceu.

– Só isso?

– Só.

– Ah... e o que é uma lamparina judaica?

– É uma lamparina de cobre utilizada nos tempos antigos, formada por um pé e um recipiente onde se colocava óleo. Desse recipiente saíam dois ou mais bicos destinados às mechas.

– Em suma, um objeto sem grande valor.

– Sem grande valor, é verdade. Mas esta tinha um esconderijo onde tínhamos o hábito de guardar uma magnífica joia antiga, uma quimera de ouro, incrustada com rubis e esmeralda, de altíssimo valor.

– Por que esse hábito?

– Juro, senhor, que não saberia dizer. Talvez pela simples diversão de utilizar um esconderijo como esse.

– Ninguém o conhecia?

– Ninguém.

– Exceto, evidentemente, o ladrão da quimera – objetou Sholmes. – Caso contrário, não teria se dado ao trabalho de roubar a lamparina judaica.

– Evidentemente. Mas como podia conhecê-lo, se foi o acaso que nos revelou o mecanismo secreto dessa lamparina?

– O mesmo acaso pode tê-lo revelado a outra pessoa... um criado... um frequentador da casa... Mas continuemos: a justiça foi avisada?

– Sem dúvida. O juiz de instrução fez sua investigação. Os cronistas-detetives, cada um ligado a um grande jornal, fizeram as suas. Mas, como escrevi ao senhor, o problema não parece ter a menor chance de jamais ser resolvido.

Sholmes se levantou, se dirigiu à janela, examinou o vidro, o terraço, o balcão, usou a lupa para estudar as duas marcas na pedra e pediu ao sr. d'Imblevalle que o conduzisse ao jardim.

Na rua, Sholmes simplesmente se sentou numa poltrona de vime e olhou para o telhado da casa com olhar sonhador. Depois, caminhou subitamente na direção de duas caixinhas de madeira com as quais tinham sido recobertos, para conservar as marcas exatas, os buracos deixados ao pé do terraço pela base da escada. Ele retirou as caixinhas, ajoelhou-se no chão e, com as costas encurvadas, o nariz a vinte centímetros da terra, examinou, fez medições. Mesma operação ao longo do portão, mas menos demorada.

Pronto.

Os dois voltaram ao toucador, onde a sra. d'Imblevalle os aguardava.

Sholmes manteve o silêncio por mais alguns minutos, depois pronunciou as seguintes palavras:

– Desde o início de sua história, senhor barão, chamou minha atenção o lado realmente simples da agressão. Colocar uma escada, retirar uma vidraça, escolher um objeto e ir embora. Mas não, as coisas não costumam ser tão fáceis. Tudo está claro demais, nítido demais.

– De modo que...?

– De modo que o roubo da lamparina judaica foi cometido sob a direção de Arsène Lupin...

– Arsène Lupin! – exclamou o barão.

– Mas foi cometido sem ele, sem que ninguém entrasse nesta casa... Por um criado, talvez, quer terá descido de sua mansarda até o terraço, por uma calha que vi do jardim.

– Mas com que provas...?

– Arsène Lupin não teria saído do toucador de mãos vazias.

– Mãos vazias... e a lamparina?

– Pegar a lamparina não o teria impedido de pegar essa caixa de rapé incrustada de diamantes, ou esse colar de velhas opalas. Bastariam dois gestos a mais. Se ele não os pegou, é porque não os viu.

– E as pegadas encontradas?

– Dissimulação! Encenação para desviar as suspeitas!

– Os arranhões na balaustrada?

– Mentira! Foram produzidos com uma lixa. Veja aqui alguns fragmentos que recolhi.

– As marcas deixadas pelos pés da escada?

– Piada! Examine os dois buracos retangulares na base do terraço e os dois buracos perto do portão. A forma é parecida, mas, paralelos aqui, lá não o são mais. Meça a distância que separa cada buraco de seu vizinho, ela é diferente nos dois lugares. Ao pé do terraço, é de 23 centímetros. Ao longo do portão, é de 28 centímetros.

– E o que conclui?

– Concluo, visto que sua forma é idêntica, que os quatro buracos foram feitos com o auxílio de um único pedaço de madeira adequadamente talhado.

– A melhor prova seria esse pedaço de madeira.

– Aqui está ele – disse Sholmes –, juntei-o no jardim, sob o vaso de um loureiro.

O barão se inclinou. Fazia quarenta minutos que o inglês entrara por aquela porta e não restava mais nada do que se acreditara até então, segundo o testemunho dos mesmos fatos aparentes. A realidade se revelava, uma outra realidade, baseada em algo muito mais sólido, o raciocínio de um Herlock Sholmes.

– A acusação que faz contra nosso pessoal é muito grave, senhor – disse a baronesa. – Nossos criados são antigos servidores da família e nenhum deles é capaz de nos trair.

– Se um deles não os traiu, como explicar que esta carta tenha chegado até mim no mesmo dia e na mesma entrega da que foi escrita pelos senhores?

Ele estendeu à baronesa a carta que Arsène Lupin lhe enviara.

A sra. d'Imblevalle ficou estupefata.

– Arsène Lupin... como ele ficou sabendo?

– Ninguém ficou sabendo da carta de vocês?

– Ninguém – disse o barão –, foi uma ideia que tivemos à noite, à mesa.

– Na frente dos criados?

– Só havia nossas duas filhas. E na verdade, não... Sophie e Henriette não estavam mais à mesa, não é mesmo, Suzanne?

A sra. d'Imblevalle refletiu e afirmou:

– De fato, já estavam com a senhorita.

– A senhorita? – quis saber, Sholmes.

– A governanta, srta. Alice Demun.

– Essa pessoa não faz as refeições com vocês, então?

– Não, é servida à parte, em seu quarto.

Wilson teve uma ideia.

– A carta escrita a meu amigo Herlock Sholmes foi postada no correio.

– Naturalmente.

– Quem a postou?

– Dominique, meu criado há vinte anos – respondeu o barão. – Qualquer busca nesse sentido será tempo perdido.

– Nunca se perde tempo quando se procura – disse Wilson sentenciosamente.

A primeira averiguação chegara ao fim. Sholmes pediu permissão para se retirar.

Uma hora depois, no jantar, viu Sophie e Henriette, as filhas dos d'Imblevalle, duas lindas garotinhas de oito e seis anos. Conversaram pouco. Sholmes respondeu às gentilezas do barão e de sua mulher com um ar tão carrancudo que eles optaram pelo silêncio. Café foi servido. Sholmes engoliu o conteúdo de sua xícara e se levantou.

Nesse momento, um criado entrou trazendo uma mensagem telefônica em seu nome. Ele a abriu e leu:

Receba minha entusiasmada admiração. Os resultados obtidos pelo senhor em tão pouco tempo são prodigiosos. Estou desconcertado.

Arpin Lusène.

Ele esboçou um gesto de irritação e, mostrando a mensagem ao barão, disse:

– Começa a acreditar, senhor, que suas paredes têm olhos e ouvidos?

– Não entendo mais nada – murmurou o sr. d'Imblevalle, perplexo.

– Eu tampouco. Mas o que compreendo é que nenhum movimento é feito aqui sem que ele o perceba. Nenhuma palavra é pronunciada sem que ele a ouça.

Naquela noite, Wilson se deitou com a consciência tranquila do homem que cumpriu seu dever e cuja única tarefa é dormir. Assim, adormeceu muito rápido e foi visitado por belos sonhos, em que perseguia Lupin sozinho e se preparava para prendê-lo com as próprias mãos. A sensação dessa perseguição era tão nítida que acordou.

Alguém roçava sua cama. Ele pegou o revólver.

– Ora, é você, Sholmes! Precisa de mim?

– Preciso de seus olhos. Levante-se...

Levou-o até a janela.

– Veja... do outro lado do portão...

– No parque?

– Sim. Não vê nada?

– Não vejo nada.

– Sim, pode ver alguma coisa.

– Ah! De fato, uma sombra... duas até.

– Não é mesmo? Apoiada no portão... veja, estão se movendo. Não percamos tempo.

Às apalpadelas, segurando-se no corrimão, eles desceram a escada e chegaram a um aposento que dava para a escada do jardim. Pelos vidros da porta, viram dois vultos no mesmo lugar.

– É curioso – disse Sholmes –, parece-me ouvir um barulho dentro da casa.

– Dentro da casa? Impossível! Todos dormem.

– Contudo, escute...

Nesse momento, um leve assobio se fez ouvir no portão e eles perceberam uma luz fraca que parecia vir do palacete.

– Os d'Imblevalle devem ter acordado – murmurou Sholmes. – É o quarto deles que fica acima.

– Sem dúvida foram eles que ouvimos – concordou Wilson. – Talvez estejam vigiando o portão.

Um segundo assobio, mais discreto ainda.

– Não entendo, não entendo – disse Sholmes, irritado.

– Eu também não – confessou Wilson.

Sholmes girou a chave da porta, tirou a tranca e empurrou suavemente o batente.

Um terceiro assobio, dessa vez um pouco mais forte, e modulado de outra maneira. Acima deles, o barulho se acentuou, se precipitou.

– Parece vir do terraço do toucador – murmurou Sholmes.

Ele passou a cabeça pelo vão da porta, mas logo recuou, sufocando um palavrão. Wilson olhou por sua vez. Bem perto deles, uma escada se erguia contra a parede, apoiada no balcão do terraço.

– Por Deus – exclamou Sholmes –, há alguém no toucador! Era isso que ouvíamos. Rápido, retiremos a escada.

Nesse instante, porém, um vulto deslizou de alto a baixo, a escada foi retirada e o homem que a carregava correu com toda pressa na direção do portão, para o lugar onde seus cúmplices o esperavam. Num pulo, Sholmes e Wilson saíram correndo. Alcançaram o homem quando este colocava a escada contra o portão. Do outro lado, dois tiros foram disparados.

– Ferido? – perguntou Sholmes.

– Não – respondeu Wilson.

E agarrou o homem, tentando imobilizá-lo. Mas o homem se voltou, agarrou-o com uma mão e, com a outra, enfiou uma faca em seu peito. Wilson exalou um suspiro, cambaleou e caiu.

– Maldição! – berrou Sholmes. – Se o mataram, eu mato.

Deitou Wilson na grama e correu até a escada. Tarde demais... o homem havia subido e, recebido por seus cúmplices, fugia por entre os arbustos.

– Wilson, Wilson, não é grave, hein? Um simples arranhão.

As portas do palacete se abriram bruscamente. O sr. d'Imblevalle apareceu, depois os criados, segurando velas.

– Como? O que aconteceu? – exclamou o barão. – O sr. Wilson está ferido?

– Nada, um simples arranhão – repetiu Sholmes, tentando iludir-se.

O sangue escorria em abundância, o rosto estava lívido.

O médico, vinte minutos depois, constatava que a ponta da faca parara a quatro milímetros do coração.

– Quatro milímetros do coração! Esse Wilson sempre teve sorte – concluiu Sholmes, num tom de inveja.

– Sorte... Sorte... – repetiu o médico.

– Sim, senhor! Com sua constituição robusta, safou-se...

– Com seis semanas de cama e dois meses de convalescença.

– Nada mais?

– Não, a menos que haja complicações.

– Por que diabos quer que haja complicações?

Plenamente tranquilizado, Sholmes foi ao encontro do barão no toucador. Desta vez, o misterioso visitante não tivera a mesma discrição. Descaradamente, passara a mão na caixa de rapé incrustada de diamantes, no colar de opalas e, de maneira geral, em tudo que pudesse caber nos bolsos de um honesto ladrão.

A janela ainda estava aberta, um dos vidros fora cortado e, ao amanhecer, um inquérito sumário, estabelecendo que a escada vinha do palacete em obras, indicou o caminho que fora seguido.

– Em suma – disse o sr. d'Imblevalle, com certa ironia –, é a repetição exata do roubo da lamparina judaica.

– Sim, se aceitarmos a primeira versão admitida pela justiça.

– O senhor ainda não a admite, então? Esse segundo roubo não altera sua opinião sobre o primeiro?

– Ele a confirma, senhor.

– Será possível! O senhor tem a prova irrefutável de que a agressão dessa noite foi cometida por alguém de fora e continua afirmando que a lamparina judaica foi subtraída por alguém de nosso círculo?

– Por alguém que mora nesta casa.

– Então como explica...?

– Não explico nada, senhor, constato dois fatos que têm entre si uma relação apenas aparente, julgo-os isoladamente e busco o laço que os une.

Sua convicção parecia tão profunda, suas maneiras de agir baseadas em motivos tão fortes, que o barão cedeu:

– Que seja. Vamos avisar o comissário...

– De jeito nenhum! – exclamou vivamente o inglês. – De jeito nenhum! Pretendo me dirigir a essa gente quando precisar delas.

– E os tiros...?

– Não importa!

– E seu amigo?

– Meu amigo só está ferido... Faça com que o médico se cale. Eu respondo por tudo do lado da justiça.

Dois dias se passaram, sem incidentes, durante os quais Sholmes continuou seu trabalho com um cuidado minucioso e um amor-próprio que se exasperava com a lembrança daquela audaciosa agressão, executada sob seus olhos, a despeito de sua presença e sem que ele pudesse impedir seu êxito. Incansável, ele vasculhou o palacete e o jardim, conversou com os criados e passou longos momentos na cozinha e no estábulo. E embora não recolhesse nenhum indício que o ajudasse, não perdia o ânimo.

"Encontrarei", ele pensava, "e é aqui que encontrarei. Não se trata, como no caso da mulher loira, de buscar ao acaso e alcançar, por caminhos que eu ignorava, um objetivo que não conhecia. Desta vez, estou no campo de batalha. O inimigo não é mais apenas o inapreensível e invisível Lupin, é o cúmplice em carne e osso que vive e se move dentro desta casa. Um pequeno detalhe e descubro tudo."

Esse detalhe, do qual tiraria tais consequências, e com uma habilidade tão prodigiosa que podemos considerar o caso da lamparina judaica um daqueles em que seu gênio policial transparece mais vitoriosamente, esse detalhe, foi o acaso que lhe forneceu.

Na tarde do terceiro dia, quando entrava num aposento situado acima do toucador, e que servia de sala de estudos para as crianças, encontrou Henriette, a mais nova das irmãs. Ela procurava sua tesoura.

– Sabe – ela disse a Sholmes –, também faço papéis como o que recebeu na outra noite.

– Na outra noite?

– Sim, depois do jantar. Recebeu um papel com tiras em cima... Sabe, um telegrama... Bom, eu também sei fazer.

Ela saiu. Para qualquer outra pessoa, essas palavras não teriam significado nada além da insignificante reflexão de uma criança, e o próprio Sholmes ouviu-as com ouvidos distraídos e continuou sua inspeção. De repente, porém, começou a correr atrás da menina, pois sua primeira frase subitamente chamara sua atenção. Alcançou-a no alto da escada e perguntou:

– Então você também sabe colar tiras no papel?

Henriette, muito orgulhosa, declarou:

– Claro que sim, recorto as palavras e colo.

– E quem lhe ensinou essa brincadeira?

– A senhorita... Minha governanta... Vi que fazia o mesmo. Ela tira palavras dos jornais e cola...

– E o que faz com isso?

– Telegramas, cartas que envia.

Herlock Sholmes voltou à sala de estudos, singularmente intrigado com essa confidência e esforçando-se para extrair dela as deduções possíveis.

Havia uma pilha de jornais sobre a lareira. Abriu-os e viu, com efeito, grupos de palavras ou linhas faltando, retiradas de maneira uniforme e precisa. Mas bastou-lhe ler as palavras anteriores ou posteriores para constatar que as que faltavam haviam sido recortadas ao acaso, por Henriette evidentemente. Podia ser que, na pilha de jornais, houvesse um que a própria senhorita tivesse recortado. Mas como saber?

Mecanicamente, Herlock folheou os livros escolares empilhados sobre a mesa, depois outros que repousavam nas prateleiras de um armário. E de repente, soltou um grito de alegria. Num canto desse armário, sob velhos cadernos amontoados, encontrou um álbum para crianças, um alfabeto ilustrado e, numa das páginas desse álbum, um vazio chamou sua atenção.

Verificou-o. Era a nomenclatura dos dias da semana. Segunda-feira, terça-feira, quarta-feira etc. Faltava a palavra sábado. Ora, o roubo da lamparina judaica ocorrera numa noite de sábado.

Herlock sentiu a pequena palpitação que sempre lhe anunciava, de maneira muito nítida, que ele havia chegado ao ponto central de uma intriga. Esse contato com a verdade, essa emoção da certeza, nunca o enganava.

Febril e confiante, folheou o álbum. Outra surpresa o aguardava, um pouco mais adiante.

Era uma página composta por letras maiúsculas, seguidas por uma linha de números.

Nove dessas letras e três desses números haviam sido cuidadosamente retirados.

Sholmes escreveu-os em sua caderneta, na ordem que eles teriam ocupado, e obteve o seguinte resultado:

CEDHNOPRS-237

– Diabos... – murmurou. – À primeira vista, não significa muita coisa.

Seria possível, misturando aquelas letras e utilizando--as todas, formar uma, ou duas, ou três palavras completas?

Sholmes tentou, em vão.

Uma única solução se impunha a ele, que voltava constantemente a seu lápis e que, com o tempo, lhe pareceu a verdadeira, tanto porque correspondia à lógica dos fatos quanto porque combinava com as circunstâncias gerais.

Visto que a página do álbum comportava uma única vez cada uma das letras do alfabeto, era provável, era certo que ele estava na presença de palavras incompletas e que essas palavras haviam sido completadas com letras retiradas de outras páginas. Nessas condições, e salvo engano, o enigma se apresentava da seguinte forma:

RESPOND. – CH – 237

A primeira palavra era clara: responder com um E e um R faltantes porque as letras E e R, já utilizadas, não estavam mais disponíveis.

Quanto à segunda palavra inacabada, formava indubitavelmente, com o número 237, o endereço que o remetente passava ao destinatário da carta. Primeiro se fixava o dia de sábado, depois se solicitava uma resposta no endereço CH.237.

Ou CH.237 era o número de uma caixa postal, ou as letras C e H faziam parte de uma palavra incompleta. Sholmes folheou o álbum: nenhum outro recorte fora efetuado nas páginas seguintes. Seria preciso, portanto, até segunda ordem, ater-se à explicação encontrada.

– É divertido, não é mesmo?

Henriette havia voltado. Ele respondeu:

– Sim, é divertido! Mas você não tem outros papéis? Ou palavras já recortadas que eu possa colar?

– Papéis...? Não... E a senhorita não iria gostar.

– A senhorita?

– Sim, ela já me repreendeu.

– Por quê?

– Porque contei coisas ao senhor... e ela disse que nunca devemos contar coisas sobre quem a gente gosta.

– Você está absolutamente certa.

Henriette pareceu encantada com a aprovação, tão encantada que tirou de uma pequena bolsinha de pano, presa a seu vestido, alguns pedaços de pano, três botões, dois torrões de açúcar e, por fim, um pedaço de papel que estendeu a Sholmes.

– Tome, pode pegar mesmo assim. Era o número de um fiacre, o 8279.

– De onde veio esse número?

– Caiu da moedeira dela.

– Quando?

– Domingo, na missa, quando pegou umas moedinhas para a coleta.

– Perfeito. E agora, vou dizer a você como não ser repreendida. Não diga à senhorita que me viu.

Sholmes saiu para ir ao encontro do sr. d'Imblevalle e interrogou-o sobre a senhorita.

O barão teve um sobressalto.

– Alice Demun! Está pensando que...? É impossível.

– Há quanto tempo ela está a seu serviço?

– Um ano, apenas, mas não conheço pessoa mais tranquila e em que eu deposite mais confiança.

– Por que ainda não a vi?

– Ela se ausentou por dois dias.

– E agora?

– Desde que voltou, quis postar-se à cabeceira de seu amigo. Ela tem todas as qualidades de uma enfermeira... doce... atenciosa... O sr. Wilson parece encantado.

– Ah! – fez Sholmes, que havia esquecido completamente de pedir notícias do velho camarada.

Ele refletiu e perguntou:

– E domingo de manhã, ela saiu?

– No dia seguinte ao roubo?

– Sim.

O barão chamou a mulher e lhe fez a pergunta. Ela respondeu:

– A senhorita saiu, como sempre, para ir à missa das onze horas com as crianças.

– E antes disso?

– Antes? Não... Ou melhor... Eu estava tão abalada com o roubo...! Mas lembro que ela me pedira, na véspera, autorização para sair na manhã de domingo... Para ver uma prima de passagem por Paris, acho. Mas não imagino que suspeite dela...?

– Não... Mas gostaria de vê-la.

Ele subiu até o quarto de Wilson. Uma mulher, vestida, como as enfermeiras, com um vestido longo de algodão cinza, estava curvada sobre o doente e lhe dava de beber. Quando ela se virou, Sholmes reconheceu a jovem que o abordara na Gare du Nord.

Não houve qualquer tipo de explicação entre eles. Alice Demun sorriu delicadamente, com seus olhos bonitos e graves, sem nenhum constrangimento. O inglês quis falar, balbuciou algumas sílabas e se calou. Então ela voltou ao que estava fazendo, movimentou-se tranquilamente sob o olhar admirado de Sholmes, remexeu frascos, desenrolou e enrolou faixas de gaze e de novo dirigiu-lhe seu límpido sorriso.

Ele girou nos calcanhares, voltou a descer, avistou no pátio o automóvel do sr. d'Imblevalle, entrou e se fez levar a Levallois, ao depósito de coches cujo endereço estava marcado no recibo do fiacre fornecido pela menina. O cocheiro Duprêt, que conduzia o 8279 na manhã de domingo, não estando lá, Sholmes liberou o automóvel e esperou até a hora da troca de cocheiros.

O cocheiro Duprêt contou que de fato havia "carregado" uma mulher nos arredores do parque Monceau, uma jovem de preto que usava um grande buquê de violetas e parecia muito agitada.

– Ela carregava um pacote?

– Sim, um pacote bastante comprido.

– E o senhor a levou...?

– Para a Avenue des Ternes, na altura da Place Saint Ferdinand. Ela ficou uns dez minutos, depois voltamos ao parque Monceau.

– O senhor reconheceria a casa da Avenue des Ternes?

– Claro! Devo conduzi-lo até lá?

– Logo mais. Primeiro me conduza ao número 36 do Quais des Orfèvres.

No Departamento de Polícia, ele teve a sorte de logo encontrar o inspetor-chefe Ganimard.

– Sr. Ganimard, está livre?

– Se o assunto for Lupin, não.

– O assunto é Lupin.

– Então não saio daqui.

– Como! Recusa...

– Recuso o impossível! Estou cansado de uma luta desigual, em que temos certeza de sair perdendo. É covarde, absurdo, tudo o que quiser... não ligo! Lupin é mais forte que nós. Consequentemente, só podemos nos curvar...

– Não me curvo.

– Ele o curvará, como os outros.

– Muito bem, é uma cena que não deixará de satisfazê-lo!

– Ah, isso é verdade! – disse Ganimard, ingenuamente. – E como o senhor ainda não cansou de apanhar, vamos.

Os dois subiram no fiacre. Conforme ordenado, o cocheiro parou um pouco antes da casa e do outro lado da avenida, na frente de um pequeno café em cujo terraço eles se sentaram, entre loureiros e evônimos. O dia começava a cair.

– Garçom – chamou Sholmes –, algo para escrever.

Escreveu e, voltando a chamar o garçom, pediu:

– Leve esta carta ao zelador da casa em frente. É o homem de boné que fuma sob a porta-cocheira.

O zelador se apresentou e, Ganimard tendo mencionado seu título de inspetor-chefe, Sholmes perguntou se, na manhã de domingo, uma jovem de preto se apresentara.

– De preto? Sim, por volta das nove horas... a que frequenta o segundo andar.

– O senhor a vê com frequência?

– Não, mas há algum tempo, sim... Na última quinzena, quase todos os dias.

– E desde domingo?

– Somente uma vez... sem contar hoje.

– Como? Ela veio hoje?

– Está aqui.

– Está aqui!

– Faz dez minutos. Seu coche espera na Place Saint Ferdinand, como sempre. Cruzei com ela na porta.

– E quem é o locatário do segundo andar?

– Há dois. Uma modista, a srta. Langeais, e um senhor que alugou dois quartos mobiliados há um mês, sob o nome Bresson.

– Por que diz "sob o nome"?

– Tenho para mim que é um nome falso. Minha mulher faz a faxina da casa: ora, não há duas camisas com as mesmas iniciais.

– Como ele vive?

– Ah, quase sempre na rua! Faz três dias que não volta para casa.

– Voltou na noite de sábado para domingo?

– Na noite de sábado para domingo? Deixe ver, preciso pensar... Sim, sábado à noite voltou e não saiu.

– E que tipo de homem é?

– Sinceramente, eu não saberia dizer. Muda tanto! É alto, baixo, gordo, franzino... moreno e loiro. Nem sempre o reconheço.

Ganimard e Sholmes trocaram um olhar.

– É ele – murmurou o inspetor. – É mesmo ele.

O velho inspetor teve uma perturbação momentânea que se manifestou num bocejo e numa crispação dos punhos.

Sholmes, mais senhor de si, sentiu uma pontada no coração.

– Atenção – disse o zelador –, ali está a jovem.

A senhorita de fato aparecia na porta-cocheira e atravessava a praça.

– E ali o sr. Bresson.

– O sr. Bresson? Qual?

– Aquele com um pacote embaixo do braço.

– Mas não está com a jovem. Ela entrou sozinha no coche.

– Ah! Nunca os vi juntos.

Os dois policiais se levantaram às pressas. À luz dos postes, reconheceram a silhueta de Lupin, que se afastava na direção oposta à da praça.

– Quem o senhor prefere seguir? – perguntou Ganimard.

– Ele, ora! É a caça principal.

– Então sigo a jovem – propôs Ganimard.

– Não, não – disse enfaticamente o inglês, que não queria revelar nada do caso a Ganimard. – Sei onde encontrar a senhorita... não me abandone.

À distância, e utilizado o abrigo momentâneo dos passantes e dos quiosques, começaram a seguir Lupin. Perseguição muito fácil, aliás, pois ele não se virava e caminhava rápido, com uma leve claudicação na perna direita, tão leve que era preciso o olho experiente de um observador para percebê-la. Ganimard disse:

– Ele finge mancar.

E continuou:

– Ah, se pudéssemos reunir dois ou três agentes e pular em cima dele! Corremos o risco de perdê-lo.

Mas nenhum agente apareceu antes da Porta des Ternes e, do outro lado das fortificações da cidade, não poderiam contar com nenhum auxílio.

– Vamos nos separar – disse Sholmes –, o lugar está deserto.

Era o Boulevard Victor Hugo. Cada um seguiu por uma calçada e avançou seguindo a linha das árvores.

Caminharam assim por vinte minutos, até o momento em que Lupin dobrou à esquerda e margeou o Sena. Ali, viram Lupin descendo à beira do rio. Por alguns segundos tornou-se impossível distinguir seus gestos. Depois, ele subiu o barranco e voltou sobre seus passos. Eles se colaram atrás dos pilares de um portão. Lupin passou por eles. Estava sem o pacote.

Enquanto se afastava, outro indivíduo saiu do canto de uma casa e se esgueirou por entre as árvores.

Sholmes disse em voz baixa:

– Parece que o seguiu também.

– Sim, tive a impressão de vê-lo na vinda.

A caça recomeçou, dificultada pela presença desse indivíduo. Lupin refez o mesmo caminho, atravessou a Porte des Ternes e entrou no prédio da Place Saint Ferdinand.

O zelador fechava sua cabine quando Ganimard se apresentou.

– O senhor o viu, não é mesmo?

– Sim, eu estava apagando a luz das escadas quando ele trancou sua porta.

– Não há ninguém com ele?

– Ninguém, nenhum criado... ele nunca come aqui.

– Há alguma escada de serviço?

– Não.

Ganimard disse a Sholmes:

– O mais simples é que eu me poste na porta de Lupin, enquanto o senhor vai buscar o comissário da Rue Demours. Vou lhe entregar uma mensagem.

Sholmes objetou:

– E se ele escapar nesse ínterim?

– Estarei aqui...!

– Um contra um, a luta é desigual com ele.

– Mas não posso invadir sua residência, não tenho esse direito, principalmente à noite.

Sholmes deu de ombros.

– Quando Lupin estiver preso, ninguém discutirá as condições da captura. Além disso, trata-se no máximo de tocar a campainha. Veremos então o que vai acontecer.

Subiram. Uma porta de dois batentes ficava à esquerda do patamar. Ganimard tocou.

Nenhum barulho. Ele tocou de novo. Ninguém.

– Entremos – murmurou Sholmes.

– Sim, vamos.

Contudo, permaneceram imóveis, indecisos. Como pessoas que hesitam na hora de realizar um ato decisivo, temiam agir e de repente parecia-lhes impossível que Arsène Lupin estivesse ali, tão perto deles, atrás daquela frágil divisória que um soco poderia derrubar. Eles o conheciam demais o diabólico personagem para admitir que ele se deixasse apanhar de maneira tão tola. Não, não, mil vezes não, ele não estava mais ali. Pelos prédios contíguos, pelos telhados, por alguma saída convenientemente preparada, devia ter escapado e, mais uma vez, agarrariam somente a sombra de Lupin.

Estremeceram. Um barulho imperceptível, que vinha do outro lado da porta, como que rompera o silêncio. E tiveram a impressão, a certeza, de que ele estava mesmo ali, separado deles pela fina divisória de madeira, e que os escutava, que os ouvia.

O que fazer? A situação era dramática. Apesar do sangue frio de policiais experientes, estavam tomados de tanta emoção que imaginavam sentir seus batimentos cardíacos.

Com o canto do olho, Ganimard consultou Sholmes. Então, violentamente, com um soco, atingiu o batente da porta.

Ruído de passos, que agora não buscava mais de dissimular...

Ganimard sacudiu a porta. Num impulso irresistível, Sholmes, derrubou-a com o ombro e os dois se precipitaram para dentro do apartamento.

Pararam na mesma hora. Um tiro ecoara no aposento vizinho. Outro tiro, e o baque de um corpo caindo...

Quando entraram, viram o homem estendido, o rosto contra o mármore da lareira. Ele teve uma convulsão. O revólver escorregou de sua mão.

Ganimard se inclinou e virou a cabeça do morto. Estava coberta de sangue, que jorrava de dois grandes ferimentos, um na bochecha, outro na têmpora.

– Está irreconhecível – murmurou.

– Diabos! – exclamou Sholmes. – Não é ele.

– Como sabe? Nem o examinou.

O inglês riu:

– Acredita que Arsène Lupin seria homem de se matar?

– Mas achamos tê-lo reconhecido, na rua...

– Achamos porque quisemos achar. Estamos obcecados.

– Então é um de seus cúmplices.

– Os cúmplices de Arsène Lupin não se matam.

– Então quem é?

Eles revistaram o cadáver. Num bolso, Herlock Sholmes encontrou uma carteira vazia, em outro Ganimard encontrou alguns luíses. Na roupa de baixo, nenhuma etiqueta, nas roupas tampouco.

Nas bagagens – um baú grande e duas malas – nada além de roupas. Sobre a lareira, uma pilha de jornais. Ganimard abriu-os. Todos falavam do roubo da lamparina judaica.

Uma hora depois, Ganimard e Sholmes se retiraram sem saber muito mais sobre o singular personagem que fora levado ao suicídio por sua intervenção.

Quem era? Por que se matara? O que o vinculava ao caso da lamparina judaica? Quem o seguira durante sua caminhada? Tantas perguntas, umas mais complexas que as outras... Tantos mistérios...

Herlock Sholmes se deitou de péssimo humor. Ao acordar, recebeu a seguinte mensagem pneumática:

> *Arsène Lupin tem a honra de comunicar-lhe sua trágica morte na pessoa do sr. Bresson e roga-lhe que assista a exéquias, serviço fúnebre e enterro, que serão realizados às custas do Estado, quinta-feira, 25 de junho.*

Capítulo 2

— Veja, meu velho camarada – dizia Sholmes a Wilson, brandindo a mensagem de Arsène Lupin –, o que me exaspera nesta aventura é sentir constantemente sobre mim o olho desse maldito cavalheiro. Nenhum de meus mais secretos pensamentos lhe escapa. Ajo como um ator cujos passos foram determinados por um roteiro rigoroso, que se desloca e diz coisas porque assim quis uma vontade superior. Compreende, Wilson?

Wilson certamente teria compreendido se não estivesse dormindo o sono profundo de um homem cuja temperatura varia entre quarenta e 41 graus. Mas que tivesse entendido ou não, isso não tinha a menor importância para Sholmes, que continuou:

– Preciso recorrer a toda minha energia e colocar em ação todos os meus recursos para não me desencorajar. Felizmente, comigo essas pequenas provocações são como alfinetadas que me estimulam. Passada a dor da picada, cicatrizada a ferida no amor-próprio, sempre consigo dizer: "Divirta-se, meu caro. Mais dia, menos dia, você mesmo se trairá". Pois no fim das contas, Wilson, não foi Lupin que, com sua primeira mensagem e a reflexão que esta sugeriu à pequena Henriette, não foi ele que me revelou o segredo de sua correspondência com Alice Demun? Está esquecendo desse detalhe, velho camarada.

Percorria o quarto com passadas sonoras, arriscando-se a acordar o velho camarada.

– Enfim! As coisas não vão tão mal, e embora os caminhos que sigo estejam um pouco obscuros, começo a me achar. Primeiro, vou me concentrar no sr. Bresson. Ganimard e eu marcamos de nos encontrar na beira do Sena, no lugar onde Bresson atirou o pacote, e seu papel nos será revelado. De resto, tenho uma partida a disputar com Alice Demun. A adversária é de pequena envergadura, hein, Wilson? Não acha que logo descobrirei a frase do álbum e o que significam as duas letras isoladas, o C e o H? Pois tudo repousa nisso, Wilson.

A senhorita entrou naquele instante e, percebendo que Sholmes gesticulava, disse-lhe gentilmente:

– Sr. Sholmes, terei que repreendê-lo se acordar meu doente. Não é certo de sua parte incomodá-lo. O médico recomendou absoluta tranquilidade.

Ele a encarou sem dizer palavra, espantado com sua calma inexplicável, como no primeiro dia.

– O que está olhando, sr. Sholmes? Nada? Acho que sim... Sempre parece estar pensando em alguma coisa... O quê? Diga-me, por favor.

Ela o interrogava com todo seu rosto claro, seus olhos ingênuos, sua boca sorridente, e também com toda sua postura, as mãos juntas, o tronco levemente inclinado para frente. E havia tanta candura em sua pessoa que o inglês sentiu raiva. Aproximou-se e disse-lhe em voz baixa;

– Bresson se matou ontem à noite.

Ela repetiu, sem parecer entender:

– Bresson se matou ontem...

Na verdade, nenhuma contração alterou seu rosto, nada que revelasse o esforço de mentir.

– A senhorita foi avisada... Caso contrário, teria ao menos estremecido... Ah! É mais forte do que eu pensava... Mas por que dissimular?

Ele pegou o álbum ilustrado que acabara de colocar sobre uma mesa próxima e, abrindo-o na página recortada, perguntou:

– Poderia me dizer em que ordem devo dispor as letras que faltam aqui, para conhecer o teor exato da mensagem que a senhorita enviou a Bresson quatro dias antes do roubo da lamparina judaica.

– Ordem...? Bresson...? Roubo da lamparina judaica...?

Ela repetia as palavras, lentamente, como se tentasse entendê-las.

Ele insistiu.

– Sim. Aqui estão as letras utilizadas... nesse pedaço de papel. O que disse a Bresson?

– As letras utilizadas... O que eu disse...

De repente, deu uma gargalhada:

– Ah! Entendi! Sou cúmplice do roubo! Um certo sr. Bresson pegou a lamparina judaica e se matou. E eu sou amiga desse senhor. Ah, que divertido!

– Quem a senhorita foi encontrar ontem à noite, no segundo andar de um prédio da Avenue des Ternes?

– Quem? Minha modista, ora, a srta. Langeais. Minha modista e meu amigo sr. Bresson seriam a mesma pessoa?

Apesar de tudo, Sholmes duvidou. Para enganar, é possível fingir terror, alegria, preocupação, todos os sentimentos, mas não a indiferença, não uma gargalhada alegre e despreocupada.

Contudo, ele ainda disse:

– Uma última palavra: por que a senhorita me abordou na outra noite, na Gare du Nord? E por que suplicou-me que partisse imediatamente, sem me ocupar desse roubo?

– Ah, o senhor é muito curioso, sr. Sholmes – ela respondeu, ainda rindo de maneira muito natural. – Como castigo, não saberá nada e, além disso, cuidará do doente enquanto vou até o farmacêutico... Uma prescrição urgente... Volto logo.

E saiu.

– Fui enganado – murmurou Sholmes. – Não só não obtive nada dela, como ainda me revelei.

Lembrou-se do caso do diamante azul e do interrogatório que fizera a Clotilde Destange. Não via agora a mesma serenidade que a mulher loira lhe opusera, e não estava novamente diante de uma dessas criaturas que, protegidas por Arsène Lupin, sob a ação direta de sua influência, conservavam, mesmo durante a angústia do perigo, a calma mais estarrecedora?

– Sholmes... Sholmes...

Aproximou-se de Wilson, que o chamava, e se inclinou sobre ele.

– O que houve, velho camarada? Sofrendo?

Wilson mexeu os lábios sem poder falar. Por fim, depois de grandes esforços, gaguejou:

– Não... Sholmes... não é ela... é impossível que seja ela...

– O que está resmungando? Estou dizendo que é ela! Somente diante de uma criatura de Lupin, treinada e encorajada por ele, é que perco a cabeça e ajo tão tolamente... E agora ela conhece toda a história do álbum... Aposto que em menos de uma hora Lupin será avisado. Menos de uma hora? O que estou dizendo! Imediatamente! O farmacêutico, a prescrição urgente... Mentiras!

Saiu rapidamente, desceu a Avenue de Messine e avistou a senhorita entrando numa farmácia. Ela reapareceu dez minutos depois, com alguns frascos e uma garrafa embrulhados em papel branco. Mas, enquanto subia a avenida, foi abordada por um homem que a seguiu, o boné na mão e ar obsequioso, como se pedisse alguma caridade.

Ela parou e deu-lhe uma esmola, depois seguiu em frente.

"Ela falou com ele", observou o inglês.

Mais que uma certeza, foi uma intuição, forte o suficiente para que ele não mudasse de tática. Abandonando a jovem, começou a seguir o falso mendigo.

Chegaram assim, um atrás do outro, à Place Saint Ferdinand, e o homem perambulou por um bom tempo em torno do prédio de Bresson, erguendo às vezes os olhos para as janelas do segundo andar e vigiando as pessoas que entravam no imóvel.

Ao cabo de uma hora, subiu à parte de cima de um bonde que se dirigia a Neuilly. Sholmes também subiu e se sentou atrás do sujeito, um pouco mais longe e ao lado de um senhor escondido pelas folhas abertas de seu jornal. Nas fortificações, o jornal se abaixou, Sholmes avistou Ganimard e este lhe cochichou no ouvindo, designando o sujeito:

– É nosso amigo de ontem à noite, o que seguia Bresson. Faz uma hora que perambula pela praça.

– Nada de novo sobre Bresson? – perguntou Sholmes.

– Sim, uma carta chegou a seu endereço hoje de manhã.

– Hoje de manhã? Então foi postada ontem, antes de o remetente saber da morte de Bresson.

– Exatamente. Está nas mãos do juiz de instrução. Mas guardei suas palavras: "Ele não aceita nenhum acordo. Quer tudo, tanto a primeira coisa quanto as do segundo negócio. Senão, entrará em ação". E nenhuma assinatura – acrescentou Ganimard. – Como pode ver, linhas que não nos ajudam muito.

– Não sou da mesma opinião, sr. Ganimard, essas linhas me parecem interessantíssimas.

– E por que, meu Deus?

O bonde parou na Rue du Château, no ponto final. O sujeito desceu e foi embora tranquilamente.

Sholmes o seguia, e tão de perto que Ganimard temeu:

– Se ele se virar, estamos fritos.

– Não vai se virar, agora.

– Como sabe?

– É um cúmplice de Arsène Lupin, e quando um cúmplice de Lupin sai assim, com as mãos nos bolsos, é porque sabe que está sendo seguido e, segundo, porque não teme nada.

– Mas estamos perto demais!

– Não o suficiente para que não possa nos escapar por entre os dedos. Está confiante demais.

– Vejamos, vejamos! O senhor me deu uma ideia. Há, na porta daquele café, dois agentes ciclistas. Se eu decidir chamá-los e abordar o sujeito, pergunto-me como ele nos escapará por entre os dedos.

– O sujeito não parece muito abalado com essa eventualidade. Ele mesmo os chama!

– Santo Deus! – exclamou Ganimard. – Que cara de pau!

O sujeito de fato se dirigira aos dois agentes no momento em que estes se preparavam para montar em suas bicicletas. Disse-lhes algumas palavras e, de repente, pulou numa terceira bicicleta, que estava encostada na parede do café, e se afastou rapidamente com os dois agentes.

O inglês caiu na gargalhada.

– Hein? Não avisei? Um, dois, três, raptado! E por quem? Por dois colegas seus, sr. Ganimard. Ah, Arsène Lupin está muito bem! Agentes ciclistas a seu serviço! Eu não disse que nosso homem estava calmo demais?

– Então o que deveríamos ter feito? – explodiu Ganimard, contrariado. – É muito fácil rir!

– Ora, ora, não se zangue. Teremos vingança. Por enquanto, precisamos de reforços.

– Folenfant me aguarda na ponta da Avenue de Neuilly.

– Muito bem, vá buscá-lo e volte a meu encontro.

Ganimard se afastou, enquanto Sholmes seguia os rastros das bicicletas, ainda mais visíveis na poeira da estrada porque duas tinham pneus estriados. Ele logo percebeu que aqueles rastros o conduziam à beira do Sena, e que os três homens haviam dobrado no mesmo lugar que Bresson, na noite da véspera. Chegou ao portão contra o qual ele mesmo se escondera com Ganimard e, um pouco mais longe, constatou um emaranhado de rastros estriados que lhe provou que haviam parado naquele lugar. Bem na frente, havia uma pequena faixa de terra que acabava no Sena e em cuja extremidade estava atracada uma velha balsa.

Era ali que Bresson devia ter atirado seu pacote, ou melhor, que o deixara cair. Sholmes desceu o barranco e percebeu que, como a inclinação era muito suave e a água do rio estava baixa, seria fácil encontrar o pacote... a menos que os três homens o tivessem pegado antes.

"Não, não", pensou consigo mesmo, "não tiveram tempo para isso... quinze minutos, no máximo... mas então por que passaram por aqui?"

Um pescador estava sentado na balsa. Sholmes lhe perguntou:

– Viu três homens de bicicleta?

O pescador fez sinal que não.

O inglês insistiu:

– Mas... três homens... acabam de parar a dois passos do senhor...

O pescador colocou a linha embaixo do braço, tirou um bloco do bolso, escreveu numa das páginas, rasgou-a e estendeu-a a Sholmes.

O inglês foi sacudido por um calafrio. Com um olhar percebera, no meio da página que segurava, a sequência de letras recortadas do álbum:

CDEHNOPRSEO-237

Um sol pesado caía sobre o rio. O homem voltara a seus afazeres, ao abrigo da grande aba de seu chapéu de palha, com o casaco e o colete dobrados a seu lado. Pescava com zelo, enquanto a boia de sua linha flutuava na superfície da água.

Um minuto se passou, um minuto de silêncio solene e terrível.

"Será ele?", pensava Sholmes, com uma ansiedade quase dolorosa.

E a verdade o iluminando:

"É ele! É ele! Somente ele é capaz de permanecer assim, sem nenhum tremor de preocupação, sem temer o que vai acontecer... e quem mais saberia dessa história do álbum? Alice o avisou por seu mensageiro."

De repente, o inglês sentiu que sua mão, sua própria mão, havia agarrado a coronha de seu revólver, e que seus olhos se fixavam nas costas do indivíduo, um pouco acima da nuca. Um gesto e todo o drama se resolveria, a vida do estranho aventureiro chegaria miseravelmente ao fim.

O pescador não se mexeu.

Sholmes agarrou nervosamente a arma, com a feroz vontade de atirar e acabar com aquilo, e ao mesmo tempo horrorizado com um ato que não combinava com sua natureza. A morte era certa. Seria o fim.

"Bom", pensou, "ele que se levante, que se defenda... senão azar o dele... mais um segundo... e atiro..."

Mas um barulho de passos o fez virar a cabeça e ele viu Ganimard chegando na companhia dos inspetores.

Então, mudando de ideia, tomou impulso e saltou para dentro da balsa, que perdeu a amarra sob o impacto forte demais, caiu sobre o homem e agarrou-o pela cintura. Eles rolaram no fundo do barco.

– E daí? – gritou Lupin, debatendo-se. – O que isso prova? Quando um de nós tiver dominado o outro, o que vai fazer? O senhor não saberia o que fazer comigo, nem eu com o senhor. Ficaremos aqui como dois imbecis...

Os dois remos caíram na água. A balsa ficou à deriva. Gritos vinham da margem, e Lupin continuava:

– Que história, meu senhor! Perdeu a noção das coisas? Tantas besteiras na sua idade! E um homem feito como o senhor! Nossa, que coisa feia...!

Ele conseguiu se soltar.

Exasperado, decidido a tudo, Herlock Sholmes colocou a mão no bolso. Soltou um palavrão: Lupin pegara seu revólver.

Então ficou de joelhos e tentou pegar um dos remos, para voltar à margem, enquanto Lupin tentava pegar o outro, para se afastar dela.

– Vai... Não vai... – dizia Lupin. – Aliás, não faz mal... Se alcançar o seu remo, impeço-o de utilizá-lo... e vice-versa para o senhor. Mas é isso, na vida nos esforçamos para agir... sem a menor razão, pois é sempre a sorte que decide... Pois bem, ela se decidiu pelo velho Lupin... Vitória! A corrente me favorece!

A balsa de fato começava a se afastar.

– Cuidado – gritou Lupin.

Alguém, na margem, engatilhava um revólver. Ele baixou a cabeça, um tiro ecoou, um pouco de água espirrou perto deles. Lupin caiu na gargalhada.

– Deus que me perdoe, é o amigo Ganimard...! É muito feio o que está fazendo, Ganimard. O senhor só pode de atirar em caso de legítima defesa... O pobre Arsène o torna tão destemido a ponto de esquecer de todos os seus deveres? Ora essa, eis que recomeça! Infeliz, é meu caro mestre que o senhor vai acertar.

Protegeu Sholmes com o corpo e, de pé na balsa, de frente para Ganimard, exclamou:

– Pronto! Assim fico mais tranquilo... Mire aqui, Ganimard, bem no coração... mais alto... à esquerda... Errou... muito desajeitado... Mais um tiro! Mas está tremendo, Ganimard... A meu comando, está bem? E com sangue frio! Um, dois, três, fogo...! Errou! Diabos, o governo dá a vocês brinquedos de criança em vez de pistolas?

Exibiu seu longo revólver, maciço e liso, e sem mirar, atirou.

O inspetor tinha o chapéu na mão: uma bala o furou.

– O que diz, Ganimard? Ah, vem de uma fábrica boa. Elogios, senhores, é o revólver de meu nobre amigo, mestre Herlock Sholmes!

Com toda força, atirou a arma aos pés de Ganimard.

Sholmes não conseguia deixar de sorrir e ficar admirado. Que exuberância de vida. Que alegria jovem e espontânea. E como ele parecia se divertir! Parecia que a sensação de perigo lhe causava uma alegria física e que a vida não tinha outro objetivo para aquele homem extraordinário além da busca de perigos que ele gostava de invocar.

Em cada margem do rio, enquanto isso, pessoas se amontoavam, e Ganimard e seus homens seguiam a embarcação que flutuava ao largo, suavemente levada pela correnteza. A captura era inevitável, matemática.

– Admita, mestre – exclamou Lupin, voltando-se para o inglês –, que não trocaria de lugar com ninguém por todo o ouro do Transvaal! Porque está na primeira fileira da plateia! Mas, antes e acima de tudo, o prólogo... depois do qual pularemos direto para o quinto ato, a captura ou fuga de Arsène Lupin. Portanto, meu caro mestre, tenho uma pergunta a lhe fazer, e suplico-lhe, a fim de que não haja equívoco, que responda com um sim ou um não. Desista desse caso. Ainda é tempo e posso reparar o mal que o senhor causou. Mais tarde, não poderei mais. Está bem?

– Não.

O rosto de Lupin se contraiu. Aquela obstinação o deixava visivelmente irritado. Ele retomou:

– Insisto. Pelo senhor, mais do que por mim, insisto, certo de que o senhor será o primeiro a lamentar sua intervenção. Pela última vez, sim ou não?

– Não.

Lupin se agachou, deslocou uma das tábuas do fundo e, por alguns minutos, dedicou-se a uma tarefa cuja natureza Sholmes não conseguiu discernir. Depois, levantou-se, sentou-se ao lado do inglês e disse-lhe o seguinte:

– Acredito, mestre, que viemos à beira deste rio por razões idênticas: recuperar o objeto de que Bresson se livrou. De minha parte, marquei um encontro com alguns camaradas e estava, meus trajes sumários o atestam, a ponto de efetuar uma pequena exploração nas profundezas do Sena, quando meus amigos me anunciaram sua aproximação. Confesso-lhe, aliás, que não fiquei surpreso, estando informado hora a hora, ouso dizê-lo, dos avanços de sua investigação. É tão fácil. Assim que a menor coisa suscetível de me interessar acontece na

Rue Murillo, rapidamente, com um telefonema, sou avisado! Entenda que, nessas condições...

Ele parou. A tábua que ele havia deslocado se soerguera e, em torno dela, a água vazava em pequenos jatos.

– Diabos, não sei o que fiz, mas tudo me leva a crer que há um vazamento no fundo desta velha balsa. Não está com medo, mestre?

Sholmes deu de ombros. Lupin continuou:

– Compreenda, portanto, que nessas condições, e sabendo de antemão que o senhor procuraria o combate com o mesmo ardor com que eu me esforçava para evitá-lo, era bastante agradável para mim disputar um jogo cujo resultado é certo porque tenho todas as cartas na mão. E tentei dar ao nosso encontro o máximo de escândalo possível, a fim de que sua derrota fosse universalmente conhecida e que outra condessa de Crozon ou outro barão d'Imblevalle não ficassem tentados a solicitar seus serviços contra mim. Não veja nisso, aliás, meu caro mestre...

Interrompeu-se novamente e, usando as mãos de luneta, observou as margens.

– Diabos! Fretaram um barco magnífico, um verdadeiro navio de guerra, e remam com toda força. Em menos de cinco minutos seremos alcançados e estarei perdido. Sr. Sholmes, um conselho: o senhor se atira sobre mim, me amarra e me entrega à justiça de meu país... Esse plano lhe agrada? A não ser que naufraguemos antes disso e, nesse caso, só nos restaria preparar nosso testamento. O que acha?

Seus olhares se cruzaram. Dessa vez, Sholmes entendeu a manobra de Lupin: ele furara o fundo da balsa. E a água subia.

Chegou às solas de seus sapatos. Cobriu seus pés: eles não se mexeram.

Subiu até os tornozelos: o inglês pegou sua bolsa de fumo, enrolou um cigarro e acendeu-o.

Lupin continuou:

– Não veja nisso, meu caro mestre, mais que a humilde confissão de minha impotência em relação ao senhor. Aceitar somente as batalhas em que minha vitória é certa, a fim de evitar as que eu não poderia escolher o terreno, é curvar-me diante do senhor. É reconhecer que Sholmes é o único inimigo que temo e proclamar minha inquietude enquanto Sholmes não for tirado de meu caminho. Eis, meu caro mestre, o que eu queria dizer-lhe, pois o destino me concede a honra de uma conversa com o senhor. Só lamento uma coisa, que essa conversa aconteça durante um banho nos pés...! Ou melhor, um banho de assento!

A água de fato chegava ao banco onde eles estavam sentados e a balsa afundava cada vez mais.

Sholmes, imperturbável, cigarro nos lábios, parecia absorto na contemplação do céu. Por nada no mundo, diante daquele homem rodeado de perigos, cercado pela multidão, perseguido por um bando de agentes, e que no entanto mantinha o bom humor, por nada no mundo ele admitiria demonstrar o menor sinal de agitação.

Ora!, os dois pareciam dizer, vamos nos incomodar com tais futilidades? As pessoas não se afogam nos rios todos os dias? Esses fatos por acaso merecem nossa atenção? Um tagarelava e o outro devaneava, ambos ocultando sob uma mesma máscara de despreocupação o formidável abalo de seus orgulhos.

Mais um minuto e afundariam.

– O essencial – formulou Lupin – é saber se afundaremos antes ou depois da chegada dos campeões da justiça. Este é o ponto. Pois o naufrágio já não é mais uma questão. Mestre, chegou a hora solene do testamento. Lego toda minha fortuna a Herlock Sholmes, cidadão inglês, com a condição de que ele... Mas, meu Deus, como avançam rápido os campeões da justiça! Ah, brava gente! Dá prazer de ver. Quanta precisão nas remadas! Ora, mas é o senhor, tenente Folenfant? Bravo! A ideia do navio de guerra é excelente. Recomendarei o senhor a seus superiores, tenente Folenfant... É uma medalha que deseja? Certo... é fato consumado. E o seu colega Dieuzy, onde está? Na margem esquerda, não é mesmo, no meio de uma centena de nativos...? De modo que, se escapo ao naufrágio, sou recolhido à esquerda por Dieuzy e seus nativos, ou à direita por Ganimard e as populações de Neuilly. Nefasto dilema...

Um redemoinho se formou. A balsa virou e Sholmes precisou se agarrar à argola dos remos.

– Mestre – disse Lupin –, suplico-lhe que retire o casaco. Ficará mais à vontade para nadar. Não? Recusa-se? Então recoloco o meu.

Vestiu o casaco, abotoou-o até o fim, como o de Sholmes, e suspirou:

– Que homem rude está sendo! E que pena que se obstinou num caso... em que sem dúvida demonstra suas capacidades, mas tão inutilmente! Sério, desperdiça seu belo gênio...

– Sr. Lupin – pronunciou Sholmes, enfim saindo de seu mutismo –, o senhor fala demais e com frequência peca por excesso de confiança e leviandade.

– A crítica é severa.

– Foi assim que, sem saber, o senhor me forneceu, há um instante, a informação que eu buscava.

– Como? Buscava uma informação e não me disse?

– Não preciso de ninguém. Daqui a três horas darei a chave do enigma ao sr. e à sra. d'Imblevalle. É minha única resposta...

Não concluiu sua frase. A balsa havia afundado de repente, carregando os dois. Ela emergiu logo depois, virada, o casco para cima. Houve muitos gritos nas duas margens, seguidos por um silêncio ansioso e, depois, por novas exclamações: um dos naufragados havia reaparecido.

Era Herlock Sholmes.

Excelente nadador, deu amplas braçadas na direção do barco de Folenfant.

– Força, sr. Sholmes – gritou o tenente –, estamos quase... Não desista... Cuidaremos dele depois... Nós o temos, vamos... Um pequeno esforço, sr. Sholmes... Pegue a corda...

O inglês agarrou a corda que lhe jogavam. Mas, enquanto se içava a bordo, uma voz, atrás dele, o interpelou:

– A chave do enigma, meu caro mestre, de fato o senhor a terá. Espanta-me que ainda não a tenha... E depois? O que fará com ela? Será nesse momento que a batalha estará perdida para o senhor...

A cavalo sobre o casco que acabava de escalar enquanto falava, confortavelmente instalado, Arsène Lupin continuava a falar com gestos solenes, como se esperasse convencer seu interlocutor.

– Compreenda, meu caro mestre, que não há nada a fazer, absolutamente nada... Encontra-se na deplorável situação de um senhor...

Folenfant apontou a arma para ele:

– Renda-se, Lupin.

– O senhor é um mal-educado, tenente Folenfant, interrompeu-me no meio de uma frase. Eu dizia...

– Renda-se, Lupin.

– Maldição, tenente Folenfant, só nos rendemos quando estamos em perigo. Ora, o senhor não tem a pretensão de acreditar que corro algum perigo!

– Pela última vez, Lupin, ordeno que se renda.

– Tenente Folenfant, o senhor não tem a menor intenção de me matar, no máximo de me ferir, tamanho é seu medo de que eu escape. E se por acaso o ferimento for mortal? Pense em seu remorso, infeliz! Em sua velhice envenenada...!

O tiro partiu.

Lupin estremeceu, agarrou-se por um instante ao casco, depois largou-o e desapareceu.

Eram exatamente três horas quando esses acontecimentos se produziram. Às seis horas em ponto, como havia anunciado, Herlock Sholmes, vestindo calças curtas e um casaco apertado, emprestados por um hoteleiro de Neuilly, usando um boné e uma camisa de flanela com cintura de seda, entrou no toucador da Rue Murillo, depois de enviar uma mensagem ao sr. e à sra. d'Imblevalle solicitando um encontro.

Eles o encontraram caminhando de um lado para o outro. E ele lhes pareceu tão engraçado em seu traje estranho que precisaram reprimir uma forte vontade de rir. Ar pensativo, costas curvadas, ele caminhava como um autômato, dando sempre o mesmo número de passos, e sempre girando para o mesmo lado.

Ele se deteve, pegou um bibelô, examinou-o mecanicamente, depois voltou a caminhar.

Por fim, plantando-se na frente deles, perguntou:

– A senhorita está aqui?

– Sim, no jardim, com as crianças.

– Senhor barão, como a conversa que teremos será definitiva, gostaria que a srta. Demun também participasse.

– Será que... realmente...?

– Tenha um pouco de paciência, senhor. A verdade surgirá claramente a partir dos fatos que exporei perante os senhores com o máximo de exatidão possível.

– Que seja. Suzanne, poderia...?

A sra. d'Imblevalle se levantou e voltou logo em seguida, acompanhada de Alice Demun. A senhorita, um pouco mais pálida que de costume, ficou de pé, encostada numa mesa e sem nem mesmo perguntar o motivo de a terem chamado.

Sholmes não pareceu vê-la e, voltando-se bruscamente para o sr. d'Imblevalle, disse num tom que não admitia réplica:

– Depois de vários dias de investigação, senhor, e ainda que certos acontecimentos tenham modificado por um momento minha maneira de ver, repetirei o que lhe disse desde a primeira hora: a lamparina judaica foi roubada por alguém que vive nesta casa.

– O nome do culpado?

– Eu o conheço.

– As provas?

– As que tenho bastam para desmascará-lo.

– Não basta que seja desmascarado. Será preciso que nos restitua...

– A lamparina judaica? Ela está em meu poder.

– O colar de opalas? A caixa de rapé?

– O colar de opalas, a caixa de rapé, enfim, tudo o que lhes foi roubado da segunda vez está em meu poder.

Sholmes adorava essas reviravoltas e essa maneira um pouco seca de anunciar suas vitórias.

Com efeito, o barão e sua mulher pareciam estupefatos, e o encararam com uma curiosidade silenciosa que constituía o melhor dos elogios.

Ele continuou pelo relato minucioso do que havia feito naqueles três dias. Falou da descoberta do álbum, escreveu numa folha de papel a frase formada pelas letras recortadas, depois narrou a expedição de Bresson à margem do Sena e o suicídio do aventureiro, e por fim a luta que ele, Sholmes, acabara de travar contra Lupin, o naufrágio da balsa e o desaparecimento de Lupin.

Quando terminou, o barão disse em voz baixa:

– Só lhe resta revelar-nos o nome do culpado. Quem o senhor acusa?

– Acuso a pessoa que recortou as letras desse alfabeto e se comunicou por meio delas com Arsène Lupin.

– Como sabe que o correspondente dessa pessoa é Arsène Lupin?

– Por ele mesmo.

Estendeu um pedaço de papel molhado e amassado. Era a página que Lupin arrancara de seu bloco, na balsa, e na qual inscrevera uma frase.

– Repare – observou Sholmes, com satisfação – que nada o obrigava a me dar esse papel e, consequentemente, a se revelar. Infantilidade de sua parte, que me instruiu.

– Que o instruiu... – repetiu o barão. – Não vejo nada, no entanto.

Sholmes recopiou a lápis por cima das letras e dos números.

CDEHNOPRSEO-237

– E então? – quis saber o sr. d'Imblevalle. – É a fórmula que acabou de nos mostrar.

– Não. Se tivesse virado e revirado essa fórmula em todos os sentidos, teria visto de cara, como eu, que ela não é semelhante à primeira.

– No que, exatamente?

– Ela tem duas letras a mais, um E e um O.

– De fato, eu não havia percebido...

– Aproxime essas duas letras do C e do H que nos restavam além da palavra "responder" e constatará que a única palavra possível é ECHO.

– Que significa...?

– Que significa o *Écho de France*, o jornal de Lupin, seu órgão oficial, ao qual reserva seus "comunicados". Responder pelo "*Écho de France*, na sessão de pequenos anúncios, número 237". Era a chave do enigma que tanto busquei, e que Lupin me forneceu de bom grado. Acabo de voltar do *Écho de France*.

– E encontrou?

– Encontrei toda a detalhada história da relação de Arsène Lupin com... sua cúmplice.

E Sholmes abriu sete jornais aberto na quarta página, onde destacou estas sete linhas:

1º ARS. LUP. Mulher impl. proteç. 540.

2º 540. Aguarda explicações. A.L.

3º A.L. Sob domin. inimigo. Perdida.

4º 540. Escreva endereço. Farei investigação.

5º A.L. Murillo.

6º 540. Parque três horas. Violetas.

7º 237. Combinado sáb. estarei dom. manh. parq.

– Chama isso de história detalhada? – exclamou o sr. d'Imblevalle.

– Meu Deus, sim, e se prestar atenção concordará comigo. Em primeiro lugar, uma mulher que se assina 540 implora a proteção de Arsène Lupin, ao que Lupin responde com um pedido de explicações. A mulher responde que está sob o domínio de um inimigo, sem dúvida nenhuma Bresson, e que está perdida se não vierem a seu socorro. Lupin, que desconfia e ainda não ousa entrar em contato com essa desconhecida, pede o endereço e sugere uma investigação. A mulher hesita por quatro dias, consulte as datas, até que, pressionada pelos acontecimentos, influenciada pelas ameaças de Bresson, dá o nome de sua rua, Murillo. No dia seguinte, Arsène Lupin anuncia que estará no parque Monceau às três horas e pede à desconhecida que leve um buquê de violetas como sinal de reconhecimento. Depois, há uma interrupção de oito dias na correspondência. Arsène Lupin e a mulher não precisam se escrever através do jornal: eles se veem ou escrevem diretamente. O plano é tramado para satisfazer às exigências de Bresson, a mulher roubará a lamparina judaica. Resta escolher o dia. A mulher, que por prudência se corresponde por meio de palavras recortadas e coladas, escolhe o sábado e acrescenta: "Responder Écho 237". Lupin responde que sim e que estará no parque na manhã de domingo. Domingo de manhã, o roubo acontece.

– Realmente, tudo se encaixa – responde o barão –, e a história está completa.

Sholmes continuou:

– Portanto, o roubo acontece. A mulher sai no domingo de manhã, explica a Lupin o que fez e leva a Bresson a lamparina judaica. As coisas acontecem como Lupin havia previsto. A justiça, enganada por uma janela aberta, quatro buracos na terra e dois arranhões num balcão, admite a hipótese do roubo por arrombamento. A mulher fica tranquila.

– Que seja – disse o barão –, admito que essa explicação é muito lógica. Mas o segundo roubo...

– O segundo roubo foi provocado pelo primeiro. Tendo os jornais narrado como a lamparina judaica havia desaparecido, alguém teve a ideia de repetir a agressão e se apoderar do que não fora levado. Dessa vez, o roubo não foi simulado, mas real, com um arrombamento de verdade, escalada etc.

– Lupin, é claro...

– Não, Lupin não age tão estupidamente. Lupin não atira nas pessoas por um sim ou por um não.

– Então quem foi?

– Bresson, sem dúvida alguma, e sem o conhecimento da mulher que ele chantageia. Foi Bresson que entrou aqui, foi ele que persegui e foi ele que feriu meu pobre Wilson.

– Tem certeza?

– Absoluta. Um dos cúmplices de Bresson lhe escreveu ontem, antes de seu suicídio, uma carta que prova que negociações foram iniciadas entre esse cúmplice e Lupin para a devolução de todos os objetos roubados de sua casa. Lupin exigia tudo, "tanto a primeira coisa (ou seja, a lamparina judaica) quanto as do segundo negócio". Além disso, ele vigiava Bresson. Quando este se dirigiu ontem à noite à margem do Sena, um dos companheiros de Lupin o seguiu junto conosco.

– O que Bresson foi fazer nas margens do Sena?

– Avisado dos progressos de minha investigação...

– Avisado por quem?

– Pela mesma mulher, que com razão temia que a descoberta da lamparina judaica levasse à descoberta de sua aventura... Assim, Bresson, avisado, juntou num mesmo pacote tudo o que podia comprometê-lo e atirou-o num lugar onde, passado o perigo, seria possível recuperá-lo. Ao voltar, perseguido por Ganimard e por mim, sem dúvida tendo outros crimes na consciência, ele perde a cabeça e se mata.

– Mas o que continha o pacote?

– A lamparina judaica e os outros bibelôs dos senhores.

– Eles não estão em seu poder, então?

– Logo depois do desaparecimento de Lupin, aproveitei o banho que ele me forçou a tomar para ser conduzido ao lugar escolhido por Bresson, onde encontrei, enrolado em pano e linóleo, o que foi roubado. Aqui está, sobre esta mesa.

Sem uma palavra, o barão cortou o barbante, rasgou os tecidos molhados, pegou a lamparina, girou um parafuso de sua base, fez força com as duas mãos sobre o recipiente, desatarraxou-o, abriu-o em duas partes iguais e encontrou a quimera de ouro, incrustada de rubis e esmeraldas.

Estava intacta.

Havia, em toda aquela cena, aparentemente tão natural, que consistia numa simples exposição dos fatos, algo que a tornava assustadoramente trágica, a acusação formal, direta, irrefutável, que Sholmes lançava com cada uma de suas palavras contra a senhorita. E também o impressionante silêncio de Alice Demun.

Durante esse longo e cruel acúmulo de pequenas provas, somadas umas às outras, nenhum músculo de seu rosto se mexera, nenhum brilho de revolta ou temor perturbara a serenidade de seu límpido olhar. O que pensava? E, acima de tudo, o que diria durante o minuto solene em que precisaria responder, em que precisaria se defender e romper o círculo de ferro em que Herlock Sholmes a prendia com tanta habilidade?

Esse minuto havia chegado e a jovem se calava.

– Fale! Fale logo! – exclamou o sr. d'Imblevalle.

Ela não falou.

Ele insistiu:

– Uma palavra a justificaria... Uma palavra de revolta e acredito na senhorita.

Essa palavra, ela não a disse.

O barão atravessou energicamente o aposento, voltou sobre seus passos, recomeçou, depois se dirigiu a Sholmes:

– Ah, não, senhor! Não posso admitir que isso seja verdade! Alguns crimes são impossíveis! E este se opõe a tudo que sei, a tudo que vejo há um ano.

Ele pousou a mão no ombro do inglês.

– E o senhor tem certeza absoluta e definitiva de não estar enganado?

Sholmes hesitou, como um homem atacado de surpresa e sem resposta imediata. Contudo, sorriu e disse:

– Somente a pessoa que acuso poderia, pela posição que ocupa na casa do senhor, saber que a lamparina judaica continha essa joia magnífica.

– Não posso acreditar – murmurou o barão.

– Pergunte-lhe.

Aquela era, de fato, a única coisa que ele não havia tentado fazer, inspirado pela confiança cega que sentia pela jovem. No entanto, não lhe era mais permitido se furtar às evidências.

Aproximou-se dela e, olhos nos olhos, perguntou-lhe:

– Foi a senhorita? Foi a senhorita que pegou a joia? Foi a senhorita que se correspondeu com Arsène Lupin e simulou o roubo?

Ela respondeu:

– Fui eu, senhor.

Ela não abaixou a cabeça. Seu rosto não expressava nem vergonha nem constrangimento.

– Será possível? – murmurou o sr. d'Imblevalle. – Eu nunca teria acreditado... A senhorita é a última pessoa de quem eu teria desconfiado... Como fez, infeliz?

Ela disse:

– Fiz o que o sr. Sholmes contou. Na noite de sábado para domingo, vim para este toucador, peguei a lamparina e, de manhã, levei-a... àquele homem.

– Não pode ser – objetou o barão –, o que afirma é inadmissível.

– Inadmissível? Por quê?

– Porque de manhã encontrei a porta deste toucador trancada!

Ela corou, perdeu o autocontrole e olhou para Sholmes como se pedisse um conselho.

Mais do que pela objeção do barão, Sholmes pareceu chocado com o constrangimento de Alice Demun. Ela não tinha mais nada a dizer? A confissão que confirmava a explicação que ele, Sholmes, fornecera sobre o roubo da lamparina judaica mascarava uma mentira que destruiria seu exame dos fatos?

O barão continuou:

– Esta porta estava fechada. Afirmo que encontrei a tranca da mesma maneira que a havia deixado na noite passada. Se a senhorita tivesse entrado por esta porta, como afirma, alguém precisaria tê-la aberto de dentro, ou seja, do toucador ou do nosso quarto. Ora, não havia ninguém dentro desses dois aposentos... ninguém além de minha mulher e eu.

Sholmes se curvou e cobriu o rosto com as duas mãos para esconder seu rubor. Algo como uma luz intensa demais o havia ofuscado e ele estava tonto, desconfortável. Tudo se revelava a seus olhos, como uma paisagem sombria da qual a escuridão se afastasse de repente.

Alice Demun era inocente.

Alice Demun era inocente. Havia nisso uma verdade indiscutível, gritante, e ao mesmo tempo a explicação para a espécie de incômodo que ele sentia desde o primeiro dia ao dirigir contra a jovem a terrível acusação. Agora enxergava com clareza. Ele sabia. Bastaria um gesto e, imediatamente, a prova irrefutável se revelaria.

Levantou a cabeça e, depois de alguns segundos, e o mais naturalmente possível, virou os olhos para a sra. d'Imblevalle.

Ela estava pálida, com a palidez incomum que nos invade nas horas implacáveis da vida. Suas mãos, que ela tentava esconder, tremiam imperceptivelmente.

"Mais um segundo", pensou Sholmes, "e ela trai a si mesma."

Ele se colocou entre ela e seu marido, com o desejo imperioso de afastar o terrível perigo que, por sua culpa, ameaçava aquele homem e aquela mulher. Ao ver o barão, porém, estremeceu no fundo de sua alma. A mesma revelação súbita que o havia enchido de clareza, iluminava agora o sr. d'Imblevalle. A mesma operação ocorria no cérebro do marido. Ele compreendia por sua vez! Ele via!

Desesperadamente, Alice Demun se ergueu contra a verdade implacável.

– Tem razão, senhor, me enganei... De fato, não entrei por aqui. Passei pelo vestíbulo e pelo jardim, e com a ajuda de uma escada...

Esforço supremo de devoção... mas esforço inútil! As palavras soavam falsas. A voz estava pouco firme e a doce criatura não tinha mais os olhos límpidos e o ar de sinceridade. Ela abaixou a cabeça, vencida.

O silêncio foi atroz. A sra. d'Imblevalle esperava, lívida, retesada pela angústia e pelo pavor. O barão parecia se debater, como se não quisesse acreditar no desmoronamento de sua felicidade.

Por fim, balbuciou:

– Fale! Explique-se!

– Não tenho nada a dizer, meu pobre amigo – ela disse bem baixinho, o rosto contorcido de dor.

– Então... A senhorita...

– A senhorita me salvou... Por devoção... Por afeto... E acusou a si própria...

– Salvou do quê? De quem?

– Daquele homem.

– Bresson?

– Sim, era a mim que ele ameaçava... Conheci-o na casa de uma amiga... E cometi a loucura de lhe dar ouvidos... Oh, nada que você não possa perdoar... No entanto, escrevi duas cartas... Cartas que você verá... Comprei-as de volta... Você sabe como. Ah, tenha piedade de mim... chorei tanto!

– Você! Você! Suzanne!

Ele ergueu os punhos cerrados na direção dela, disposto a golpeá-la, a matá-la. Mas seus braços voltaram a cair, e ele murmurou:

– Você, Suzanne...! Você! Será possível...?

Em pequenas frases entrecortadas, ela contou a aflitiva e banal aventura, seu despertar assustado diante da infâmia do personagem, seus remorsos, seu pânico, e também falou da admirável conduta de Alice, a jovem adivinhando o desespero da patroa, arrancando-lhe sua confissão, escrevendo a Lupin e organizando aquela história de roubo para salvá-la das garras de Bresson.

– Você, Suzanne, você... – repetia o sr. d'Imblevalle, dobrado em dois, prostrado. – Como você pôde...?

Na noite desse mesmo dia, o vapor *Ville de Londres*, que servia a linha Calais-Dover, deslizava lentamente sobre a água imóvel. A noite estava escura e calma. Nuvens tranquilas se desenhavam acima do barco e, ao redor, leves véus de bruma o separavam do espaço infinito por onde a luz da lua e das estrelas se espalhava.

A maioria dos passageiros entrara nas cabines e nos salões. Alguns, no entanto, mais intrépidos, passeavam pelo convés ou dormitavam em amplas cadeiras de balanço e sob espessos cobertores. Viam-se aqui e ali brasas de charutos e ouvia-se, misturado ao sopro doce da brisa, o murmúrio de vozes que não ousavam elevar-se sobre o grande silêncio solene.

Um dos passageiros, que seguia a linha da amurada num passo regular, se deteve perto de uma pessoa deitada num banco, examinou-a e, como essa pessoa se mexia um pouco, lhe disse:

– Pensei que dormisse, srta. Alice.

– Não, não, sr. Sholmes, não quero dormir. Reflito.

– Sobre o quê? Seria indiscreto perguntar-lhe isso?

– Pensava na sra. d'Imblevalle. Ela deve estar tão triste! Sua vida está perdida.

– Claro que não – ele disse enfaticamente. – Seu erro não foi daqueles que não são perdoados. O sr. d'Imblevalle esquecerá essa fraqueza. Quando partimos, ele já olhava para ela com menos dureza.

– Talvez... Mas vai demorar para esquecer... E sofre.

– A senhorita gosta muito dela?

– Bastante. Foi isso que me deu tanta força para sorrir quando tremia de medo, para encará-lo de frente quando queria fugir de seus olhos.

– E está triste por deixá-la?

– Muito triste. Não tenho pais, nem amigos... Eu só tinha a ela.

– A senhorita terá amigos – disse o inglês, perturbado por aquela tristeza –, prometo que terá... Tenho boas relações... Muita influência... Garanto-lhe que não lamentará sua situação.

– Talvez, mas a sra. d'Imblevalle não estará mais aqui...

Eles não falaram mais nada. Herlock Sholmes deu mais duas ou três voltas pelo convés, depois se instalou perto de sua companheira de viagem.

A cortina de névoa se dissipava e as nuvens pareciam se destacar do céu. Estrelas brilharam.

Sholmes tirou o cachimbo do fundo do casaco, encheu-o e riscou sucessivamente quatro fósforos sem conseguir acendê-los. Como não tinha mais nenhum, levantou-se e perguntou a um senhor que estava sentado a alguns passos de distância:

– Teria um pouco de fogo, por favor?

O senhor abriu uma caixa de fósforos e riscou um. A chama brilhou. Em sua luz, Sholmes reconheceu Arsène Lupin.

Se o inglês não tivesse feito um pequeníssimo gesto, um imperceptível gesto de recuo, Lupin poderia supor que sua presença a bordo não era conhecida de Sholmes, que permaneceu senhor de si e com naturalidade estendeu a mão ao adversário.

– Sempre em boa forma, sr. Lupin?

– Bravo! – exclamou Lupin, a quem tamanho autocontrole arrancou um grito de admiração.

– Bravo...? E por quê?

– Como assim, por quê? O senhor me vê reaparecer à sua frente, como um fantasma, depois de assistir a meu mergulho no Sena, e, por orgulho, por um milagre do orgulho que eu qualificaria de muito britânico, não esboça nenhuma reação de espanto, nenhuma palavra de surpresa! Sinceramente, repito-o, bravo, é admirável!

– Não é admirável. Por sua maneira de cair da balsa, vi muito bem que caía voluntariamente e que não fora atingido pelo tiro do tenente.

– E foi embora sem saber o que seria de mim?

– O que seria do senhor? Eu sabia. Quinhentas pessoas guardavam as duas margens no espaço de um quilômetro. Se escapasse da morte, sua captura era certa.

– No entanto, aqui estou.

– Sr. Lupin, há dois homens no mundo de quem nada pode me surpreender: primeiro eu, depois o senhor.

A paz estava firmada.

Embora Sholmes não tivesse triunfado em suas iniciativas contra Arsène Lupin, embora Lupin permanecesse o inimigo excepcional que era preciso definitivamente desistir de capturar, embora este sempre mantivesse a superioridade ao longo dos confrontos, o inglês, com sua formidável tenacidade, não deixara de encontrar a lamparina judaica, assim como não deixara de encontrar o diamante azul. Talvez desta vez o resultado fosse menos brilhante, sobretudo do ponto de vista do público, pois Sholmes fora obrigado a ocultar as circunstâncias sob as quais a lamparina judaica fora descoberta e proclamar que ignorava o nome do culpado. Mas de homem para homem, de Lupin para Sholmes, de policial para ladrão, não havia, com toda justiça, nem vencedor nem vencido. Ambos podiam reivindicar vitórias iguais.

Conversaram, então, como adversários corteses que depuseram suas armas e se admiram por seu devido valor.

A pedido de Sholmes, Lupin narrou sua fuga.

– Se é que podemos chamar isso de fuga – ele disse. – Foi tão simples! Meus amigos estavam à espera, pois tínhamos marcado de recuperar a lamparina judaica. Assim, depois de ficar uma boa meia hora embaixo do casco virado da balsa, aproveitei um momento em que Folenfant e seus homens procuravam meu cadáver ao longo das margens e subi no casco. Meus amigos só precisaram me recolher em seu barco motorizado e fugir sob os olhares estupefatos de quinhentos curiosos, de Ganimard e de Folenfant.

– Excelente! – exclamou Sholmes. – Vitória absoluta! E agora, tem algo a fazer na Inglaterra?

– Sim, alguns ajustes de contas... Mas eu ia esquecendo... E o sr. d'Imblevalle?

– Sabe de tudo.

– Ah, meu caro mestre, não avisei? O mal, agora, não pode ser remediado. Não teria sido melhor me deixar agir a meu modo? Mais um dia ou dois e eu recuperaria de Bresson a lamparina judaica e os bibelôs, e os enviaria aos d'Imblevalle, e o belo casal teria voltado a viver tranquilamente um ao lado do outro. Em vez disso...

– Em vez disso – zombou Sholmes –, baralhei as coisas e trouxe a discórdia para dentro de uma família que o senhor protegia.

– Meu Deus, sim, que eu protegia! É indispensável sempre roubar, enganar e fazer o mal?

– Então o senhor também faz o bem?

– Quando tenho tempo. E isso também me diverte. Acho extremamente engraçado que, na aventura que nos ocupa, eu seja o gênio bom que socorre e salva, e o senhor o gênio mau que traz desespero e lágrimas.

– Lágrimas? Lágrimas? – protestou o inglês.

– Com certeza. O lar d'Imblevalle foi destruído e Alice Demun chora.

– Ela não podia mais ficar... Ganimard acabaria descobrindo... E através dela chegaria à sra. d'Imblevalle.

– Totalmente de acordo, mestre, mas por culpa de quem?

Dois homens passaram por eles. Sholmes disse a Lupin, numa voz cujo timbre parecia ligeiramente alterado:

– Sabe quem são esses cavalheiros?

– Creio ter reconhecido o comandante do navio.

– E o outro?

– Ignoro.

– É o sr. Austin Gilett. E o sr. Austin Gilett ocupa na Inglaterra uma posição que corresponde à do sr. Dudouis, o chefe da Segurança Pública.

– Ah, que sorte! O senhor faria a gentileza de me apresentar? O sr. Dudouis é um de meus bons amigos e eu ficaria feliz de poder dizer o mesmo do sr. Austin Gilett.

Os dois cavalheiros voltaram.

– E se eu o apresentasse mesmo, sr. Lupin? – perguntou Sholmes, se levantando.

Havia agarrado o punho de Arsène Lupin e o segurava com mão de ferro.

– Por que apertar com tanta força, mestre? Estou disposto a segui-lo.

Deixava-se levar, de fato, sem a menor resistência. Os dois cavalheiros se afastavam.

Sholmes apertou o passo. Suas unhas entravam na carne de Lupin.

– Vamos... Vamos... – dizia em voz surda, numa espécie de pressa febril para acabar com tudo o mais rápido possível. – Vamos! Mais rápido.

Mas estacou: Alice Demun os havia seguido.

– O que está fazendo, senhorita? É inútil... Não venha.

Foi Lupin quem respondeu:

– Rogo-lhe que observe, mestre, que a senhorita não vem por vontade própria. Aperto seu punho com uma energia semelhante à que o senhor utiliza comigo.

– E por quê?

– Ora! Faço questão de apresentá-la também. Seu papel na história da lamparina judaica é ainda mais importante que o meu. Cúmplice de Arsène Lupin, cúmplice de Bresson, ela também precisa narrar a aventura da baronesa d'Imblevalle, que interessará muitíssimo à justiça... E assim, o senhor terá levado sua benevolente intervenção até seus últimos limites, generoso Sholmes.

O inglês largou o punho de seu prisioneiro. Lupin soltou a senhorita.

Eles ficaram imóveis por alguns segundos, um de frente para o outro. Depois Sholmes retornou a seu banco e se sentou. Lupin e a jovem voltaram a seus lugares.

Um longo silêncio os separou. E Lupin disse:

– Veja bem, mestre, não importa o que façamos, nunca estaremos do mesmo lado. O senhor está de um lado do fosso, eu do outro. Podemos nos cumprimentar, apertar as mãos, conversar por um momento, mas o fosso continua existindo. O senhor sempre será Herlock Sholmes, detetive, e eu Arsène Lupin, ladrão. E Herlock Sholmes sempre obedecerá, com mais ou menos espontaneidade, mais ou menos presença de espírito, a seu instinto de detetive, que é perseguir o ladrão e, se possível, trancafiá-lo. E Arsène Lupin sempre será consequente com sua alma de ladrão, evitando o pulso do detetive e zombando dele quando possível. Desta vez, é possível! Ha! Ha! Ha!

E caiu na risada, uma risada zombeteira, cruel e detestável...

Depois, subitamente sério, inclinou-se na direção da jovem.

– Esteja segura, senhorita, de que, mesmo em sérias dificuldades, eu não a teria traído. Arsène Lupin nunca trai, principalmente aqueles que ama e admira. E me permita dizer que amo e admiro a corajosa e querida criatura que a senhorita é.

Ele puxou da carteira um cartão de visita, rasgou-o em dois, estendeu uma metade à jovem e, na mesma voz comovida e respeitosa, disse:

– Se o sr. Sholmes não triunfar em suas investidas, senhorita, apresente-se na casa de Lady Strongborough (encontrará com facilidade seu endereço atual) e entregue-lhe essa metade de cartão de visita, dizendo-lhe duas palavras: "lembrança fiel". Lady Strongborough lhe será devotada como uma irmã.

– Obrigado – disse a jovem –, irei amanhã à casa dela.

– E agora, mestre – exclamou Lupin, com o tom satisfeito de um homem que cumpriu seu dever –, desejo-lhe uma boa noite. Ainda temos uma hora de travessia. Vou aproveitar.

Deitou-se de corpo inteiro e cruzou as mãos atrás da cabeça.

O céu estava aberto na frente da lua. Em torno das estrelas e sobre o mar, sua radiosa claridade se espalhava. Ela flutuava nas águas e a imensidão, onde se dissolviam as últimas nuvens, parecia lhe pertencer.

A linha da costa se delineou no horizonte escuro. Passageiros subiram ao convés, que ficou cheio. O sr. Austin Gilett passou acompanhado de dois indivíduos que Sholmes reconheceu como agentes da polícia inglesa.

Em seu banco, Lupin dormia...

Sobre o Autor

Maurice Leblanc
(1864-1941)

Maurice Marie Émile Leblanc nasceu em 11 de novembro de 1864 em Rouen, em uma típica família da burguesia francesa. Desde pequeno era dono de uma imaginação viva e fervoroso admirador de Flaubert e Maupassant. Maurice, entretanto, teve que esperar alguns anos para realizar seu desejo de ser escritor, pois seu pai tinha outros planos para ele no comércio da família.

Aos 21 anos, finalmente realizou o sonho de ir a Paris para tentar se aventurar no mundo da literatura. Começou a estudar Direito, mas abandonou a faculdade para se tornar escritor e jornalista, colaborando com diversos periódicos como *Figaro* e *Echo de Paris*. Além do trabalho como repórter, passou a escrever, inspirado em seus autores favoritos. *Une Femme* (1893), seu primeiro romance, lhe rendeu diversos elogios da crítica, mas não ganhou a simpatia do público.

Em 1905, o editor Pierre Lafitte, da revista *Je Sais Tout*, encomendou a Maurice um romance de aventura inspirado no sucesso das histórias de Sherlock Holmes na inglesa *Strand Magazine*. E é assim que surge "A detenção de Arsène Lupin" (presente em *Arsène Lupin, ladrão de casaca*), a primeira das dezenas de histórias protagonizadas pelo encantador ladrão que acaba se tornando detetive. O autor não perdeu a chance de ironizar o personagem de Conan Doyle, como pode ser conferido nas duas histórias deste livro.

O sucesso de Arsène Lupin acompanhou o escritor até a morte, em 6 de novembro de 1941, em Perpignan, onde tinha se refugiado com sua família da ocupação nazista.

IMPRESSÃO:

PALLOTTI
GRÁFICA

Santa Maria - RS | Fone: (55) 3220.4500
www.graficapallotti.com.br